EL PERFUME DEL DESIERTO
RACHAEL THOMAS

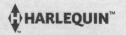

Editado por Harlequin Ibérica.
Una división de HarperCollins Ibérica, S.A.
Núñez de Balboa, 56
28001 Madrid

© 2015 Rachael Thomas
© 2016 Harlequin Ibérica, una división de HarperCollins Ibérica, S.A.
El perfume del desierto, n.º 2514 - 28.12.16
Título original: Claimed by the Sheikh
Publicada originalmente por Mills & Boon®, Ltd., Londres.

I.S.B.N.: 978-84-687-8922-4
Depósito legal: M-34164-2016
Impresión en CPI (Barcelona)
Fecha impresion para Argentina: 26.6.17
Distribuidor exclusivo para España: LOGISTA
Distribuidores para México: CODIPLYRSA y Despacho Flores
Distribuidores para Argentina: Interior, DGP, S.A. Alvarado 2118.
Cap. Fed./Buenos Aires y Gran Buenos Aires, VACCARO HNOS.

Prólogo

ERA el momento que Amber había estado esperando. Su esposo, el príncipe Kazim al-Amed de Barazbin, era un hombre poderoso y, a pesar de lo nerviosa que estaba, quería que su primera noche juntos fuera perfecta. Aunque había sido su padre quien lo había elegido al concertar el matrimonio, ella le había entregado su corazón desde el momento en que se habían conocido. Su reputación lo precedía y Amber estaba decidida a ocultar su virginal inocencia desempeñando a la perfección el papel de seductora.

En cuanto habían salido del banquete, las cosas habían cambiado, habían ido mal. La cálida sonrisa de él había desaparecido y ahora allí estaba, de pie en su suite, con una expresión de furia nublando su hermoso rostro.

–No deseo este matrimonio –fue evidente que le costó pronunciar la palabra «matrimonio»–. No tienes por qué cambiar tu vida.

–¿Cambiar mi vida? –¿cómo podía decirle algo así, tan tranquilamente? ¡Por supuesto que su vida cambiaría! Sin embargo, alzó la barbilla y se mantuvo firme al no querer mostrarse débil ante un hombre tan fuerte.

–Al igual que tú, me he casado por una cuestión de deber y de respeto hacia mi familia.

Los ojos de Kazim, tan negros como la obsidiana, se clavaron en ella y un cosquilleo le recorrió la espalda.

Él le tomó la mano; la calidez de sus dedos alrededor de los suyos hizo que se le acelerara el corazón, y por un instante vio confusión en su mirada.

–Hemos cumplido con nuestro deber. Ahora volverás con tu familia.

Kazim suspiró aliviado, agradecido de que su esposa fuera una mujer sensata sin tendencia al histerismo. Debía de ser por la influencia occidental que había tenido en la vida. La misma influencia que la había pervertido. Acababan de llegar a sus oídos ciertos rumores sobre sus citas secretas con hombres en habitaciones de hotel mientras había estado estudiando en el extranjero, así que, al parecer, no era la novia inocente que había estado esperando. Él había cumplido con su deber, se había casado con la mujer que su padre había elegido. Pero ya no haría nada más.

–¿Y qué debo hacer entonces? –por un momento pareció aterrorizada y él se preguntó si se habría apresurado a juzgarla.

–Lo que fuera que hacías antes de llegar aquí. Por supuesto, contarás con todo mi apoyo económico –por lo que a él respectaba, después de lo que acababa de descubrir, tenía todo el derecho del mundo a mandar a su esposa a su casa y poner en duda su idoneidad.

–Entonces, ¿vuelvo a mi vida, así, sin más?

–No hay problema –respondió él vacilando–. Aunque esperarán que el matrimonio quede consumado.

–Eso tiene fácil solución –dijo ella tirando de la seda de su *abaya*–. Podemos hacer que parezca que ha sucedido algo.

Kazim no se podía creer lo que estaba oyendo y viendo. A medida que cada pieza de seda caía al suelo, la lujuria inundaba más sus venas. Esa mujer era su esposa, una virgen inocente, y aun así estaba haciéndole una especie de striptease. ¿Qué había aprendido en Inglaterra?

Con cada movimiento se volvía más atrevida, seduciéndolo con sus curvas y con la sensual pose de sus labios. La furia mezclada con la incredulidad formaron un cóctel embriagador en él. Esa mujer no era una ingenua. Aun así, él siguió mirando mientras la lujuria le retumbaba por las venas.

Cuando sus movimientos se volvieron más rápidos y la seda se rasgó, ella emitió un pequeño grito de sorpresa y después sonrió. Fue la sonrisa de una mujer que sabía cómo provocar a un hombre.

—Así parecerá más real todavía.

Después, el último trozo de seda cayó al suelo dejándola casi desnuda y fue entonces cuando sus miradas se encontraron. Amber, de pie, lo miraba como retándolo a resistirse a ella. Y Kazim apenas podía resistirse, pero tomarla ahora era imposible. Lo invadía una ira tan fuerte que sabía lo que podría pasar, y no podía arriesgarse.

—Ponte algo de ropa encima —bramó, apenas capaz de contener la rabia que sentía. En solo unos minutos ella había demostrado ser absolutamente inapropiada como su esposa.

Poco después, ella salió del baño con su exuberante cuerpo cubierto por un suave albornoz. Se sentó en la cama y sus ojos color café retaron a los suyos.

—La cama tendrá que estar como si nos hubiéramos acostado en ella.

—¿Qué?

Tranquilamente sentada, sus pechos se alzaban y descendían con cada suspiro, haciendo cada vez más complicado poder resistirse a la llamada de la lujuria.

–La cama –repitió con frialdad–. Si quieres que parezca que este matrimonio se ha consumado, tendría que estar revuelta.

Al ver cómo el hombre con el que se había casado revolvía las sábanas, se le despertó el instinto de supervivencia. No la mandarían de vuelta a casa como una novia deshonrada, una que seguía siendo virgen. De ser así, no podría volver a mirar a sus padres a la cara.

Si su marido podía ser tan frío y calculador en lo referente al matrimonio que acababan de contraer por obligación, entonces ella también podía. El trato alcanzado por sus padres sería honrado siempre que pareciera que habían pasado la noche en la misma cama y que el matrimonio se había consumado.

Solo unas horas más y entonces se podría marchar. Tan lejos como pudiera. Tal vez podría ir a lugares y hacer cosas que su posición como hija única y princesa de Quarazmir jamás le había permitido hacer.

Capítulo 1

Diez meses después

La había encontrado.

El príncipe Kazim al-Amed de Barazbin la había encontrado.

Amber lo vio atravesar el club parisino caminando entre las mesas y fijándose en las bailarinas. Incluso bajo la tenue luz podía apreciar el desdén en su expresión.

Estaba clavada en el sitio, no se podía mover. No quería mirarlo, pero no podía evitarlo. A cada paso que daba irradiaba autoridad, acentuando ese puro poder masculino que no hacía más que resaltar su salvaje naturaleza. Su bronceada tez, su brillante cabello negro y ese traje caro hacían que destacara de entre la clientela habitual del club, y lo cierto era que ella no era la única persona que se había fijado en él.

Un torbellino de nervios, mezclado con la misma atracción que había sentido cuando se habían visto por primera vez, la recorrió. Agarró con más fuerza la bandeja de vasos que estaba recogiendo. Llevaba casi un año soñando con que fuera a buscarla y le declarara su amor, pero a juzgar por su expresión, sabía que esas esperanzas eran en vano.

Jamás la había amado y temía cuál podría ser la razón de que estuviera allí. No estaba segura de poder soportar otro rechazo del hombre al que había adorado. Había sido su sueño hecho realidad. El único hombre al que había amado.

Agradecida de que la tenue luz del lugar le permitiera marcharse prácticamente sin que nadie se diera cuenta, soltó la bandeja y, sin apartar la mirada de su cuerpo, retrocedió entre las sombras. La música retumbaba con tanta fuerza como su corazón cuando lo vio detenerse, tan alto y estirado y con el ceño fruncido. Posó brevemente los ojos en ella y Amber no pudo evitar mirarlo.

Cuando Kazim dio un paso hacia ella, pensó que ahí acababa el juego. Después miró a su alrededor una vez más y se sintió aliviada. No la había reconocido. Debería haberse alegrado por ello, y en cambio, un dardo de dolor la atravesó.

Justo cuando pensó que podía volver a respirar, él volvió la mirada hacia ella una vez más y con inquietante precisión. Kazim avanzó un paso con su penetrante mirada clavada en su rostro, ajeno a los clientes y las camareras que intentaban pasar por delante de él. A juzgar por la fina línea de sus labios y la firmeza de su mandíbula, sabía que era ella.

Amber comprobó que la peluca rubia con mechas rosas que usaba en el trabajo estuviera en su sitio. No podía haberla reconocido así... ¿verdad? De todos modos, tampoco estaba dispuesta a correr ningún riesgo. Aún no estaba preparada para enfrentarse a él, no ahí, no así. Necesitaba tiempo para recomponerse, tiempo para olvidar todos los sueños que él había destrozado.

Kazim miró a las bailarinas una vez más y después volvió a mirarla a ella. La distancia entre los dos de pronto se acortó, incluso a pesar de que ninguno se movió, y Amber captó su recelo y su sorpresa. Tenía que irse. Ya mismo.

Rápidamente, se movió entre los clientes con la mirada puesta en la puerta que conducía a los camerinos. La puerta hacia santuario y, con suerte, hacia la salida. No podía enfrentarse a él aún. Necesitaba tiempo para encontrar fuerzas.

Empujó la pesada puerta y corrió por el pasillo hacia los camerinos, entrecerrando los ojos ante las brillantes luces. El corazón le palpitaba con fuerza; no podía creerse que estuviera allí, no después de las crueles palabras que le había dirigido aquella y única noche que habían pasado juntos.

–¡Amber! –su voz, con ese acento tan marcado, sonó autoritaria dejando claro que la había reconocido.

Se quedó helada. Tras oír su nombre salir de esos despóticos labios no se atrevió a moverse. Ni siquiera se veía capaz de darse la vuelta. Su corazón galopaba más veloz que un caballo de carreras al oír las pisadas tras ella, acercándose, hasta que un escalofrío provocado por algo que se negaba a admitir le recorrió la espalda. ¿Cómo podía seguir produciendo ese efecto en ella?

La puerta que daba al club se cerró, amortiguando el sonido de la música, y lo único que podía oír era el sonido de sus caros zapatos de piel sobre el suelo de baldosas. Después hubo silencio. Sabía que estaba casi justo tras ella. Podía sentirlo, todo su cuerpo lo sentía, pero no se podía girar.

Finalmente, logró mover los pies y corrió hacia los camerinos sin mirar atrás. No se atrevía. Porque una sola mirada desataría todos los recuerdos de sus sueños rotos; unos sueños que él había aplastado.

–Puedes correr, Amber, pero no te puedes esconder.

La dureza de su voz la hizo detenerse justo cuando llegaba a la puerta de los camerinos. Lentamente se giró, sabiendo que había llegado el momento, le gustara o no... Ese era el momento que llevaba temiendo casi un año.

Ya era hora de hacerle frente a su pasado.

–No estoy corriendo –dijo apresurada y enérgicamente, mirándolo a la cara. Se sorprendió con el valor con que pronunció esas palabras.

Mientras miraba a Kazim, alzó la barbilla y echó los hombros atrás. Lo encontró cambiado. Seguía siendo innegablemente guapo, pero estaba distinto. Lo vio dar unos cuantos pasos más hacia ella. La intensa luz fluorescente del angosto pasillo destacaba los ángulos de su rostro, el filo de sus mejillas y el firme gesto de sus labios. Ahora tenía que ser fuerte. No podía dejar que viera lo desconcertada que se sentía.

–Ni tampoco me estoy intentando esconder, Kazim.

–No creo que te puedas esconder mucho bajo esa cosa tan ridícula –contestó él con furia.

Sin poder evitarlo, ella tocó la peluca.

–Es parte del trabajo –dijo Amber con indiferencia mientras él se situaba directamente frente a ella, y demasiado cerca. Su enfado por la peluca la complació y fue el combustible necesario para resistirse a él.

Kazim la miraba con frialdad, bañándola con su desdén, tal como había sucedido la última vez que lo había visto. Esas imágenes se reproducían frenéticamente en su cabeza, tan claras como si todo hubiera sucedido la noche anterior en lugar de meses atrás.

Aquella noche la había desairado, había rechazado sus torpes intentos de acercamiento y había despreciado su amor. La había rechazado sin pararse a pensar qué significaría para ella, sin importarle cuánto la afectaría. Por eso, ahora era una mujer distinta a la que había sido aquella noche. Tenía que ser más fuerte. Era más fuerte. Y él no le volvería a hacer daño.

–¿Y esto? –Kazim alargó la mano y arrancó las plumas que adornaban la parte baja de su atuendo tipo corsé, devolviéndola al presente–. ¿Esto también es parte del trabajo?

–Sí –le respondió secamente y apartándole la mano con brusquedad. Jamás le permitiría saber cuánto daño le había hecho, cómo le había destrozado la vida–. Lo que haga para ganarme la vida ya no es asunto tuyo. Te aseguraste de que así fuera.

Bullendo de indignación, recordó cómo la había alejado de su lado, cómo le había dado la espalda.

–¿La vida? ¿A esto llamas «ganarse la vida»? –unos ojos oscuros, brillantes por una rabia apenas camuflada, la atravesaron como intentando extraer cada secreto de su alma.

–No te preocupes –ella posó las manos en las caderas y lo miró, exasperada ante tan obvio menosprecio–. Nadie sabe quién soy en realidad.

Ni ella sabía ya quién era después de estar intentando convencerse a sí misma, y a su compañera de piso, de que era simplemente una chica corriente más intentando ganarse la vida y superar un mal de amores.

–Eso explica por qué ha sido tan difícil encontrarte –dijo él irritado.

–Yo nunca he tenido intención de encontrarte –le contestó ella mientras la rabia anulaba esos inútiles atisbos de esperanza–. He seguido adelante con mi vida.

–¿Y has llegado a este estilo de vida?

El tono de burla quedó dolorosamente claro en la pregunta, pero ella no le permitiría que aplastara sus sueños. No por segunda vez.

–Tengo planes, Kazim. Me he apuntado a un curso de arte –en cuanto pronunció esas palabras, deseó poder retirarlas.

Él respiró hondo, como intentando no perder la paciencia.

–¿Y qué hay de tu deber?

–¿Deber? –preguntó prácticamente escupiéndole la palabra–. ¿Qué fue aquello que dijiste en nuestra noche de bodas? Ah, sí... «Hemos cumplido con nuestro deber. Ahora volverás con tu familia».

Se levantó y lo miró mientras esas palabras resonaban por su cabeza. Por un momento, una estúpida esperanza reavivó en su corazón, la esperanza de que él se hubiera dado cuenta de que la amaba, pero rápidamente la apartó y la guardó bajo llave. Kazim no estaba allí porque la amara. Pero entonces, ¿por qué estaba allí cuando había dejado descaradamente claro que no quería saber nada de ella? ¿Que se trataba de un matrimonio que tendría que soportar y del que, sospechaba, le gustaría liberarse?

La dura expresión de su rostro la hizo quedar en silencio. Los mismos ojos intensamente negros de los que se había enamorado ahora poseían un implacable brillo dorado.

–No me puedo creer que te hayas escondido en París, y menos en esta parte de la ciudad.

–Entonces, ¿preferirías que le hubiera contado al mundo entero que estaba aquí? –esas desafiantes palabras dieron en la diana y la llenó de satisfacción ver a Kazim apretar la mandíbula. Una expresión de furia acentuó el tono dorado de sus ojos. Si pensaba que podía volver a su vida y juzgar lo que hacía o dejaba de hacer, estaba muy equivocado.

—No he querido decir eso.

Kazim se acercó todavía más, cerniéndose sobre ella, y Amber lo miró fijamente, desafiándolo. Su aroma almizclado con toques de lugares exóticos atormentaron sus sentidos y ella tuvo que forzarse a permanecer calmada y no perder el control.

—¿Y qué has querido decir, Kazim? —en un intento de distraerse por un instante, se quitó la peluca y sacudió su resplandeciente melena negra, agradecida de poder librarse de los rizos rubios falsos.

Al verla, los ojos de Kazim se oscurecieron aún más y los destellos de ira dorados se encendieron hasta tornarse en un color bronce y pasar a derretirse en las profundidades del negro medianoche. Cuando tragó saliva, Amber se fijó en la bronceada piel de su cuello. Kazim apretó la mandíbula y posó en ella su penetrante mirada.

Estaba atrapada, absolutamente paralizada por esa pura masculinidad. Ese salvaje vigor, que le había atrapado el corazón la primera vez que se habían visto, la dejaba incapaz de apartar la mirada de él. Ni siquiera podía retroceder del fuego que se había originado entre los dos amenazando con quemarla si se acercaba un poco más. Pero, como una polilla atraída por la llama de una vela, ella se sentía obligada a acercarse, incluso aun sabiendo que eso la destruiría.

Parpadeó rápidamente y respiró hondo. No se podía permitir dejarse debilitar, no se podía permitir que la atracción que siempre había sentido por él la gobernara.

Kazim la miró entrecerrando los ojos.

–No puedes haber olvidado la última vez que te vi. En aquel momento también estabas ocupada quitándote la ropa –esas palabras salieron de su boca como balas, con dureza y precisión–. Así que el hecho de que trabajes aquí, en este agujero de bajos fondos, no me sorprende.

Ella quería cerrar los ojos de vergüenza ante el recuerdo. En su inocencia, había pensado que estaba haciendo lo correcto en su noche de bodas al actuar como lo que no era: una mujer atrevida y seductora. Su reputación de mujeriego era de sobra conocida y ella no había querido que la viera como una esposa poco experimentada e inútil.

–No tengo tiempo para discutir ni contigo ni con tu ego –más furiosa aún que antes, resistió la tentación de lanzarle la peluca–. Dime qué quieres, Kazim, y después lárgate... para siempre –esas últimas dos palabras salieron de ella precipitadamente y se posaron alrededor de ambos con determinación.

–¿Que qué quiero? –preguntó furioso.

–Dilo –contestó ella dándose la vuelta. Tenía que ponerse algo de ropa encima, cubrirse el cuerpo con algo que la protegiera de su escrutinio–. Quieres el divorcio.

Pronunció esas palabras de espaldas a él mientras abría la puerta del camerino, segura de que no la seguiría hasta ahí. A continuación, tiró la peluca sobre una abarrotada mesa volcando un pintalabios. Suspiró sin ser consciente de que había estado conteniendo el aliento, desesperada por controlar sus emociones.

Oyó la llave girar y, cuando se dio la vuelta, vio a Kazim allí, de pie en el camerino, con la espalda pegada a la puerta, los brazos cruzados sobre el pecho y ese constante aire de superioridad que emanaba de él como un tsunami.

–El divorcio no es una opción.

Sus ásperas palabras le arrebataron la habilidad de pensar y de hablar. Si no quería el divorcio, entonces, ¿qué quería de ella? ¿Qué era tan importante como para haberla seguido hasta allí y personarse en ese... cómo lo había llamado... «agujero de bajos fondos»?

Kazim vio el rostro de Amber palidecer. Por ser hijo único y heredero del jeque de Barazbin, había sido su deber tomar como esposa a la mujer elegida por su padre. Su padre, el mismo que ahora lo había obligado a ir a buscarla. Sin embargo, jamás se habría esperado encontrarla en un lugar así.

Intentando obviar el impacto que le había generado ver lo bajo que había caído la princesa Amber de Barazbin, se forzó a centrar la atención en eso para lo que había ido hasta allí.

Su esposa.

Amber se giró y Kazim observó su perfil mientras se recogía la melena, ahora más corta que antes, en una cola de caballo. Ella tenía la mirada clavada en el espejo y él se sintió hipnotizado por sus carnosos y apetecibles labios.

De pronto lo miró desafiante, removiendo algo dentro de él, pero ceder ante esos pensamientos carnales no lo ayudaría en nada. Tenía que llevarla de vuelta a Barazbin para que viviera allí como su esposa, y estaba dispuesto a lograrlo.

–El divorcio es la única opción. El modo en que me rechazaste me lo dejó bien claro, Kazim. No me quedó ninguna duda de que nuestro matrimonio había terminado antes de siquiera haber empezado.

Se desmaquilló como si él no estuviera allí y,

cuando volvió a mirarlo, le pareció más joven de los veintitrés años que tenía pero, a la vez, toda una mujer. Una mujer preciosa que casi lo estaba distrayendo de su propósito. Y eso no lo podía permitir.

—Imagino que estás al corriente de la deteriorada salud de mi padre —descruzó los brazos y apretó los puños, invadido por una rabia más intensa que nunca al mencionar a su padre. Un fuerte pesar cayó sobre él como una tormenta de arena.

—Me he encargado de no estar al corriente de nada de lo que sucede en Barazbin —la brusquedad y brevedad de su respuesta aumentó la ira de Kazim—. No hace falta. No voy a volver jamás.

Él no se había esperado algo así, una mujer desafiante que encendía su cólera y le removía la sangre a partes iguales. Ya no era la esposa sumisa a la que le había dado la espalda sino una mujer que poseía todo el encanto necesario para hechizar a un hombre. Pero era su esposa de cualquier modo. Una esposa con la que tenía intención de volver a Barazbin.

—Si no te importa, Kazim, me gustaría cambiarme —le lanzó una altanera mirada y sus delicadas cejas se alzaron con gesto de desafío.

—No tengo ninguna objeción en que te pongas algo de ropa encima, no —si se cubría, tal vez él podría pensar con más claridad. Tal vez cesaría ese salvaje calor que le recorría la sangre y que se volvía más complicado de ignorar a cada segundo que pasaba.

Tal como le había sucedido momentos antes, se quedó hipnotizado por sus largas piernas expuestas de forma espectacular gracias a ese traje tipo corsé. Su estrecha cintura quedaba resaltada por esas ridículas plumas rosas.

—Lo que he querido decir con eso es que deberías

marcharte –un tono de irritación resonó en su voz mientras lo miraba.

–O me marcho contigo o no me marcho, y ya que no tengo el más mínimo deseo de que me vean por las calles de París con una *stripper*, te sugiero que te vistas –le dijo dando un paso adelante hasta que la brusca respuesta de Amber lo detuvo.

–¡Yo no soy una *stripper*! –impactada, retrocedió como si esas palabras la hubieran quemado.

–Por lo que recuerdo, tienes mucha... ¿cómo lo diría?... práctica para quitarte la ropa –volvió a recordar su noche de bodas, la provocación con la que ella se había desprendido de la seda que le había cubierto el cuerpo y la había ido lanzando sin miramiento por la suite–. ¿No fue eso lo que hiciste en nuestra noche de bodas?

Ella apretó los labios y respiró hondo.

–Puede que sí, pero he visto lo que estaba pasando ahí fuera cuando he llegado.

–Lo que has visto, Kazim, eran bailes –contestó con rabia y las manos apoyadas fuertemente en las caderas.

Él frunció el ceño y contuvo una sonrisa triunfante al ver su gesto de irritación. No dijo nada más, simplemente enarcó las cejas.

–Como quieras –Amber se encogió de hombros y se puso de espaldas a él–. Pero si quieres que me cambie de ropa para que no parezca una *stripper*, al menos sé útil y desabróchame.

Kazim contempló sus hombros desnudos; su piel morena resultaba tan apetitosa que deseó poder deslizar los dedos por su espalda. Miró los incontables ganchos que le ajustaban el corsé y apretó los puños. ¿Qué intentaba hacerle?

–Tardaremos mucho menos si lo haces tú. Además, ya que has cerrado la puerta con llave, ahora mismo no puede entrar nadie más a ayudarme –se quedó allí de pie con determinación, de espaldas a él.

Kazim suspiró y, cuando comenzó a desabrochar el corsé, rozó con los dedos la calidez de su piel. Apretó los dientes ante semejante embestida de deseo, furioso por que pudiera provocar ese efecto en él.

–¿Qué le pasa a tu padre? –preguntó ella con tono suave justo cuando el último corchete del corsé reveló la tentadora suavidad de su espalda.

No pudo apartar la mirada de Amber mientras se sujetaba el corsé contra el cuerpo y corría a ocultarse detrás de un biombo. Unos segundos después el vulgar atuendo colgaba sobre el biombo evocándole imágenes de la única noche que habían pasado juntos. Era casi como si lo estuviera distrayendo deliberadamente... una vez más.

¿Qué había estado diciendo? Rápidamente, ordenó sus pensamientos.

–Está frágil y débil –«por fuera, al menos». Respondió carente de emoción porque no quería permitirse pensar. Ni siquiera por un momento. Cerró los ojos obligándose a obviar los recuerdos con los que tendría que cargar el resto de su vida.

–Lo siento mucho –dijo Amber con delicadeza y saliendo de detrás del biombo vestida con unos vaqueros, unas botas altas y un jersey de lana gorda. No se parecía en nada a la mujer con la que se había casado. Nadie sabría jamás quién era, una princesa a la fuga. No le extrañaba que hubiera logrado pasar desapercibida con éxito en esa zona tan indeseable de París.

–Por eso tienes que volver a Barazbin. Soy el único heredero –se resistió las ganas de decirle que su matrimonio debía darle herederos al país. Se daba por hecho.

Ella negó con la cabeza.

—No, Kazim, eso nunca pasará.

Él suspiró con impaciencia.

—Me preocupa nuestra gente. Hay problemas en nuestras tierras y nuestras tribus nómadas están pagando un precio muy alto por ello. Tu ausencia ha puesto en duda mi capacidad para gobernar. Volverás conmigo —la vio ponerse el abrigo y recoger el bolso. Era como si no estuviera escuchándolo—. Amber. ¿Entiendes lo que estoy diciendo?

La irritación reemplazó al instante la emoción que había sentido por Kazim cuando le había hablado de su padre.

—Sí, lo entiendo, Kazim —alargó la mano por detrás de la formidable figura de su esposo y abrió la puerta preguntándose por qué no se le habría ocurrido hacer eso antes y haberlo echado de ahí. Pero una simple mirada, cuando sus ojos se encontraron, le dijo el porqué.

Había algo entre los dos, algo innegable.

Irritada hasta el punto de la rabia por sus exigencias, abrió la puerta con fuerza.

—¿Crees que puedes apartarme de tu lado y luego ordenarme que vuelva a tu antojo?

Kazim se giró rápidamente y plantó la mano contra la puerta. Ella miró sus largos dedos bronceados y sacudió la cabeza.

—Déjame salir, Kazim, o llamaré a seguridad.

—¿Seguridad? ¿En un lugar así?

Su voz había adquirido un tono gélido y cuando

ella lo miró, vio unos ojos tan fríos, tan vacíos de emoción, que contuvo un grito ahogado.

–Me gustaría mucho ver cómo actúan ante un hombre que solo quiere hablar con su esposa.

–No me siento como tu esposa, Kazim. Han pasado diez meses desde que nos casamos y esta es la primera vez que te veo.

Todo el dolor y la rabia que se había guardado dentro desde aquella noche le dieron la seguridad en sí misma necesaria para enfrentarse al hombre que le había roto el corazón y había hecho añicos sus sueños.

–Nos casamos por deber, Amber, no lo olvides nunca –su voz, calmada, estaba cargada de autoridad; su expresión, dura e imponente–. Y ahora mi deber es volver a Barazbin... contigo.

Amber se rio; fue una risa nerviosa, pero una risa al fin y al cabo. Por un momento, al rostro de Kazim lo atravesó una expresión de confusión y ella dejó de reír. No sabía mucho sobre el hombre con el que se había casado, pero sí sabía que imponía autoridad y que no esperaba que nadie desafiara sus decisiones. Como hijo del jeque de Barazbin, era un hombre poderoso, tanto en los negocios como en posición, y a ella no le quedaba ninguna duda de hasta qué punto.

–Ahora mismo no tengo tiempo para discutir sobre esto –le dijo mirándolo desafiante–. Tengo que irme a casa antes de que mi jefe se entere de que sigo aquí y...

–¿Y qué, Amber? –apoyó el hombro contra la puerta, se cruzó de brazos y la miró, haciéndola sentir como si fuese una niña petulante a la que acababan de regañar.

Amber pensó en todas las veces que su jefe había intentado obligarla a bailar, insistiendo en que malgastaba su talento trabajando como camarera. Si veía que seguía todavía allí, se pensaría que había cambiado de opinión, y ni la amenazadora presencia de Kazim le serviría como defensa porque no estaba dispuesta a admitir ante nadie que era su marido.

—Se pensará que quiero trabajar más. Así que, si me dejas pasar, tengo que irme.

Por un momento, Kazim la miró a los ojos como buscando respuestas. Ella sintió mariposas en el estómago y, como hechizada, se vio obligada a mantener la mirada, a mirar dentro de esas oscuras profundidades.

Ojalá no se hubiera esforzado tanto en su noche de bodas. Solo lo había hecho porque no quería que Kazim pensara que era totalmente inexperta.

«Déjalo ya», se dijo al mirar al guapísimo príncipe que había venerado en la distancia durante demasiados años. «Este es el hombre que te rechazó, el hombre que arruinó toda tu vida».

—Iré contigo —él se apartó de la puerta, bajó los brazos y se quedó mirándola con una sonrisa. Aunque no era una sonrisa en realidad, porque no llegaba a reflejársele en los ojos. Era la sonrisa de un hombre controlador.

—No hace falta —contestó Amber abriendo la puerta. Estaba a punto de salir al pasillo cuando una bailarina entró por la puerta que comunicaba con el club. La chica, que corría hacia el camerino, se detuvo al instante al ver a Kazim.

—Te acompañaré a casa —le susurró él al oído antes de situarse tras ella como un león marcando territorio.

Amber vio la cara de asombro de la otra mujer y cómo de pronto esbozó una efusiva sonrisa cuando Kazim activó su encanto y se dirigió a ella diciendo:

–Te dejaremos tranquila.

Amber echaba humo. ¿Cómo se atrevía a insinuar que iba a irse a casa con ella? Furiosa, se fue por el otro lado del pasillo, atravesando la puerta trasera del club y saliendo a las estrechas calles de París.

Hacía fresco para ser verano y un agradable viento soplaba por las calles. Se alzó el cuello de la camisa e inició el breve recorrido hasta su piso con la esperanza de que Kazim no la siguiera. Sin embargo, el ruido de sus pisadas le dijo que esa esperanza había sido en vano. Aceptaba el hecho de que la hubiera encontrado y de que ahora fuera a descubrir dónde vivía, pero no podía volver a Barazbin y no lo haría. La necesitaban en París.

–Mi coche está doblando la esquina, no hay por qué ir andando.

La detuvo sujetándola del brazo y el contacto hizo que la recorriera una ráfaga de calor.

–Mi piso también lo está –le contestó ella con brusquedad y, con satisfacción, lo vio mirar brevemente a ambos lados de la calle.

–¿Vives aquí, en esta calle? –preguntó con desdén.

Las farolas proyectaban un brillo dorado sobre su piel y sus ojos parecían más oscuros que nunca.

–¿Le pasa algo a esta calle? –ojalá hubiera sido lo suficientemente valiente para preguntarle el verdadero motivo por el que quería que volviera a Barazbin. Sin embargo, no se atrevía a preguntar porque hacerlo supondría volver a oír cómo la rechazaba descaradamente como mujer.

–Lo único que le pasa a esta calle es que no está en Barazbin.

Le contestó con tanta brusquedad que ella dio un paso atrás y a punto estuvo de perder el equilibrio.

Kazim la agarró del brazo con fuerza despertando las miradas curiosas de una pareja que pasaba por allí.

–Me apartaste de tu lado, Kazim –dijo ella soltándose–. Daba por hecho que si volvía a tener noticias tuyas sería con motivo del divorcio.

–No podemos hablar aquí. Estamos llamando demasiado la atención.

–No hay nada de qué hablar. No pienso ir a ninguna parte contigo. Me necesitan aquí ahora mismo y llego tarde, así que si me disculpas...

Sin esperar respuesta, Amber se alejó y sus pisadas de frustración resonaron por la calle. Miró el reloj y sus niveles de ansiedad aumentaron. Llegaba tarde y le había prometido a su compañera de piso que esa noche terminaría pronto.

Dobló la esquina y al mirar atrás vio a Kazim siguiéndola.

–No, por favor –suspiró.

Un príncipe del desierto insistente no era precisamente algo a lo que quisiera enfrentarse esa noche, pero ya que estaba, podría acabar con la situación de una vez por todas. Lo único que tenía que hacer era convencerlo de que un divorcio era la mejor opción... para ambos.

Sacó las llaves del bolso y se detuvo junto a la vieja puerta de madera con la pintura verde deteriorada. Al acercarse, Kazim maldijo; fueron una serie de palabras en su lengua materna que hacía tiempo que no oía. Oír de nuevo el idioma le trajo recuerdos de su familia y por un instante los echó de menos... hasta que recordó cómo la habían tratado. Cómo le habían dado la espalda y la habían mandado con unos parientes lejanos a Inglaterra después de que Kazim la hubiera rechazado, insistiendo en que lo hacían para evitar escándalos.

–¿No has podido encontrar un lugar mejor para

vivir? –le preguntó con repugnancia y ella se giró para mirarlo cuando él maldijo de nuevo–. ¿Qué has hecho con todo el dinero que te di si no lo has empleado para vivir en un lugar decente?

–Lo que haya hecho con el dinero que me pagaste para que saliera de tu vida no es asunto tuyo –le respondió con más furia que nunca cuando todo el dolor del rechazo que había sentido por su parte salió a la superficie. Le había arruinado la vida. En solo una noche la había reducido a la nada.

No le diría que no había recibido ningún dinero de su padre. Si pensaba que lo había malgastado, mejor. Eso le daría razones de más para demostrar que tenían que ponerle fin al matrimonio.

–No es asunto tuyo en qué me gaste mi dinero.

–Era para que te mantuvieras, para que pudieras vivir de un modo que se adaptara a tu posición como princesa de Barazbin.

Ella entró corriendo en el vestíbulo de la gran vivienda parisina, con sus reminiscencias de un glorioso pasado, y subió las escaleras. Al llegar a su puerta, se giró y lo vio subiendo los escalones de dos en dos.

–Ya que pareces dispuesto a seguirme hasta dentro de mi casa, tendrás que darme un minuto. Tengo que ver cómo está Claude y pagar a la niñera.

–¿Quién es Claude? –le preguntó con gélida furia y mirándola con dureza.

–El hijo de mi compañera de piso. Cuando haya terminado con eso, te daré unos minutos... antes de que te vayas.

A Kazim le daba vueltas la cabeza. Era como si hubiera irrumpido en un mundo irreal desde que había entrado en ese condenado club. En un principio, la rabia que había sentido al saber que su esposa trabajaba en semejante establecimiento le había impedido entrar y se había quedado en el umbral de la puerta calmándose antes de lograr hacerlo. Su esposa trabajaba y vivía en la zona más decadente que había visto en toda Europa.

Tal como había hecho fuera del club, se quedó ahí parado intentando desesperadamente mantener el control mientras ella giraba la llave y entraba en uno de los pisos más pequeños que había visto en su vida. ¿De verdad quería entrar ahí? ¿Quería devolver a esa mujer a su vida? ¿Una princesa cuya tiara estaba verdaderamente deteriorada? ¿Una mujer que parecía adepta a guardarle secretos?

Cuando ella se giró y se llevó un esbelto dedo a los labios pidiéndole que no hiciera ruido, algo se removió en su interior. No sabía qué era, pero fue algo totalmente inesperado.

A pesar de todo lo sucedido, la quería como esposa y como mujer. Era suya y la reclamaría. Costara lo que costara.

Capítulo 2

EL PEQUEÑO piso se llenó del perfume de Kazim y de ese puro poder masculino que había atraído a Amber desde el momento en que se habían conocido. Su presencia parecía filtrarse por todos los rincones y ella se estremeció. Ese lugar era demasiado reducido para contener a un hombre así; su sitio estaba en la inmensidad del desierto. Ni nada ni nadie lo amansarían por completo. Pertenecían a mundos distintos.

La niñera, absolutamente impresionada por Kazim, se marchó apresuradamente y un denso silencio llenó el aire cuando él la miró con esa expresión que parecía penetrarle el alma. Amber tenía que prepararse para lo que vendría a continuación; era el único modo de poder dejar atrás el pasado. Si no lo hacía, jamás podría seguir adelante con su vida, jamás podría encontrar ese sueño de felicidad y amor en ninguna otra parte.

–¿Sabe tu familia que estás viviendo así? –la puerta apenas se había cerrado tras la marcha de la niñera cuando él soltó esas bruscas palabras.

Su furia parecía hacerlo más alto, más fuerte, más amedrentador. Suspirando de impaciencia, se cruzó de brazos.

Pero Amber no permitiría que su majestuoso poder

la desestabilizara, y por eso lo miró directamente a los ojos. Fueron un segundo o dos, aunque se le hicieron una eternidad.

—No grites, Claude está durmiendo —dijo en voz baja en un intento de calmar la tensión que parecía ir en aumento. Fue a la cocina y dejó el bolso en el sitio habitual. Al girarse, vio a Kazim en la puerta. Ni había hecho caso a su pregunta ni tenía intención de responderle.

—No te pienso preguntar por el niño.

Kazim habló con un susurro y ella se vio envuelta por su embriagador aroma.

—Dónde viva no es asunto tuyo, Kazim —se mantuvo firme, negándose a dejarse intimidar.

Él dio un paso más hacia ella y Amber no pudo evitar retroceder contra los muebles de la cocina; la pequeña habitación había quedado totalmente dominada por su presencia. Estaba demasiado cerca y ella no podía pensar con claridad, no cuando su arrebatadora masculinidad invadía cada poro de su cuerpo haciéndole querer algo que jamás podría tener. Algo que jamás debería haberse permitido imaginar.

—No alces la voz —susurró con dureza esperando que esa actitud disimulara el rubor que le estaba cubriendo el rostro. ¿Podría él leerle el pensamiento, saber cuánto la estaba afectando?

—¿Cómo has podido darle la espalda a tu familia con tanta facilidad? ¿A tu país?

Al ver el brillo de furia en la mirada de Kazim, Amber quiso mirar a otro lado, pero no pudo. Tenía que ser fuerte, tenía que enfrentarse a él.

—¿Te atreves a preguntarme eso cuando te deshiciste de mí solo horas después de casarnos? —la indignación acrecentó su rabia hasta igualarla a la de él. ¿Se hacía una idea de lo humillante que había sido volver con sus padres porque él no la quería?

Decidió dejar de lado esas emociones al verse incapaz de enfrentarse a ellas ahora mismo. La había rechazado como esposa y como mujer y debería odiarlo por ello. Lo hacía y, sin embargo, no podía ignorar la atracción que crepitaba entre los dos, más fuerte ahora que nunca.

–¿Pero vivir aquí, en un lugar así, con una mujer y su hijo? Porque supongo que tu amiga no está casada... –la aversión que vio en su rostro reflejó lo mismo que había visto en la noche de bodas cuando ella había intentado no mostrarse como una virgen ingenua.

–Supones bien –le respondió mirándolo fijamente.

Amber pensó en el pequeño Claude, siempre con una resplandeciente sonrisa a pesar de sus continuos problemas de salud. Le había robado el corazón desde el primer instante, igual que había hecho Kazim. Pero no podía permitir que sus pensamientos vagaran por ese terreno otra vez. Tenía que mantenerse completamente centrada en ese momento y en la poderosa presencia del hombre con el que se había casado por una cuestión de deber.

No pudo evitar observarlo cuando Kazim miró la hora y la manga alzada de su chaqueta reveló una muñeca bronceada salpicada de vello negro. Sintió un cosquilleo por el estómago y prácticamente se tuvo que obligar a pensar con claridad. Después de todo lo que había hecho, de todo lo que le había dicho en la noche de bodas, no podía creer que siguiera teniendo la capacidad de provocarle esas sensaciones.

Jamás había deseado a un hombre como deseaba a Kazim y eso tendría que cambiar si quería seguir adelante con su vida. Pero mientras él siguiera siendo dueño de su iluso corazón, jamás podría mirar a otro hombre y sentir el mismo y ardiente deseo.

—¿Dónde trabaja la madre del niño a estas horas?

Amber deseó que diera un paso atrás, que le dejara espacio para pensar. Si cerraba los ojos un momento, estaba segura de que solo el aroma de su loción para después del afeitado la transportaría de vuelta al desierto, y ese era un lugar al que ya había dado la espalda para siempre.

—En el club —sabía que Annie estaba a punto de llegar a casa y una parte de ella quería que fuera ya mismo, pero la otra, la más rebelde, quería evitar ese momento todo lo posible.

—¿Es una *stripper*? —preguntó Kazim con un acento especialmente marcado y los duros ángulos de su rostro fruncidos al sacar conclusiones.

—Son bailarinas, Kazim. Bailan, no se desnudan.

Amber salió en defensa de Annie al instante, empleando las mismas palabras que había utilizado su jefe para intentar persuadirla de que bailara insistiendo en que su salario aumentaría sustancialmente.

—¿Así que tu escenita de nuestra noche de bodas fue un baile? —su voz se había vuelto ronca y a ella se le revolvió el estómago ante otro recuerdo más de aquella noche. Kazim se acercó, invadiéndole la mente, el cuerpo y el alma.

Ella lo miró y vio las negras profundidades de sus ojos cambiar, entremezclándose con algo nuevo, algo indefinible. Estaba hipnotizada, era incapaz de pensar o hablar.

—¿Te acuerdas? —preguntó él con un tono más suave y alzándole la barbilla, obligándola a mirarlo a los ojos. Amber sintió como si el fuego que veía ahora en ellos la engullera–. En aquella ocasión bailaste.

Eso no podía estar pasando. No quería que pasara, no podía permitir que pasara. Lo que necesitaba era liberarse de él, y dejar que la tocara, dejar que la mirara a los ojos con tanto deseo, estaba erosionando las últimas capas de determinación que le quedaban.

–Ni bailé ni me desnudé –le contestó furiosa por el modo en que su cuerpo reaccionó a su roce a pesar de que, en realidad, no quería que parara. El ataque, pensó, era la mejor forma de defensa–. Estaba haciendo lo que creía correcto, lo que pensé que querría un hombre de tu reputación.

–¿Un hombre de mi reputación? –Kazim repitió las palabras lentamente y con recelo, como si no se pudiera creer que ella estuviera empleando algo así en su contra.

–Estaba segura de que una mujer inocente no era algo a lo que estarías acostumbrado –lo miraba directamente a los ojos, retándolo con descaro a que le negara lo que decía–. Estaba segura de que no me habrías querido, que no habrías querido a una novia virgen, y tenía razón.

Vio cómo el rostro de Kazim se endureció, vio cómo apretó la mandíbula. Tenía razón: no había deseado una novia inocente, pero tampoco la había querido cuando se había ocultado tras su intento de seducción.

–¿O acaso me rechazaste porque no encajaba en tu mundo? –le preguntó–. ¿Es porque tengo sangre inglesa?

El silencio de Kazim lo dijo todo, pero ella seguía cargando contra él, intentando ignorar la intensidad de su mirada.

–Por muy inglesa que sea mi madre, ha adoptado la vida del desierto hasta el punto de que deseaba nuestro matrimonio tanto como nuestros padres.

Kazim contemplaba el bello rostro de Amber imaginando lo suave que sería su piel y preguntándose cómo podía pensar eso de él. Durante el día que había durado la boda se había visto consumido por el deseo hacia su joven esposa; su inocencia le había resultado muy seductora. Era como si lo hubiera hechizado, pero había sido un hechizo del que no había tenido intención de liberarse. No se había atrevido.

Había luchado tan bien contra su magia que, para cuando se habían quedado a solas, había vuelto a ser el príncipe del desierto controlador que tomaba solo lo que necesitaba. Cuando ella se había abalanzado sobre él, haciendo alarde de su cuerpo tan descaradamente, los rumores sobre lo sucedido durante el tiempo que había pasado en el internado le habían parecido ciertos.

Amber había despertado su pasión con su danza y eso se había mezclado poderosamente con la rabia que él había sentido por el engaño.

El matrimonio había sido un error, uno del que estaba seguro que su padre era consciente y a lo que le había obligado poniendo así a prueba su lealtad hacia su familia y su país. Lo único en lo que había podido pensar había sido en que no quería ser el responsable de destruir a su esposa. No quería replicar lo que había presenciado de pequeño.

En un intento desesperado por hacer que Amber entrara en razón, sus palabras habían sido más duras de lo que había pretendido y, así, había empleado la seductora danza y sus intentos de seducirlo como excusa para hacerle creer que la mandaba de vuelta con su familia porque no era la novia sumisa y obediente que había creído que era.

Amber no había mostrado el más mínimo asombro cuando le había dicho que ya habían cumplido con su deber y que debía volver a su casa. Es más, no había mostrado la más mínima emoción. ¿Se habría sentido aliviada por no tener que permanecer en Barazbin?

Si cerraba los ojos lo suficiente, aún podía imaginarla, quitándose con sensualidad la seda que se había aferrado tan seductoramente a su cuerpo como si fuera algo a lo que estaba acostumbrada a hacer. ¿No confirmaba eso su actual trabajo?

Había sido incapaz de moverse, incapaz de detenerla. Ambos habían necesitado ese matrimonio y la consumación no era opcional. Pero, aun así, no había sido capaz de tocarla, y mucho menos de hacerla suya. Él era el hijo de un despiadado jeque y no tenía ninguna intención de aplastar ese bello espíritu tan salvajemente como había quedado aplastado el de su madre. Por esa razón jamás se permitiría amar ni ser amado.

—Sin duda aquella noche bailaste. Poco a poco, fuiste desprendiéndote de la seda que cubría tu cuerpo.

—No fue un baile, Kazim, fue simplemente una cortina de humo necesaria. Intentaba ser algo que no era. Intentaba tentarte.

Lo miró a los ojos; esos almendrados ojos buscaban los suyos y él tuvo el deseo de tocarle la cara, de sentir su piel bajo los dedos.

—Pero dejaste muy claro que la idea de semejante acto te repugnaba.

—¿Que me repugnaba? —Kazim bajó la mano antes de que la tentación pudiera con él y la miró a los ojos.

¿Cómo demonios podía pensar algo así? No perder el control aquella noche había sido lo más complicado que había hecho en su vida, aunque también algo necesario. La había deseado enormemente, pero se había quedado asombrado al descubrir que las habladurías de palacio eran ciertas. Una novia virgen jamás habría sabido actuar de ese modo tan seductor–. Nunca me esperé semejante demostración de... conocimientos.

–Cometí un error, Kazim, y por eso no me quisiste. Solo me querías por lo que era, por los beneficios que nuestro matrimonio suponía para tu reino. ¿Te alegró apartarme de tu vida?

¡Si ella supiera! Había contenido el deseo, pero lo había hecho para protegerla.

Aún podía ver claramente la imagen de su esbelto cuerpo, casi desnudo, mientras se había ido despojando de los velos de seda de su vestido. Paralizado, había visto cómo había tirado con fuerza del último trozo de tela y cómo la seda se había rasgado. Después, lo había mirado con gesto insinuante y él le había exigido que parara con una dureza a la que no estaba acostumbrado. Había sonado cruel, exactamente igual que su padre.

Ella se había metido en el cuarto de baño para salir a continuación con su glorioso cuerpo envuelto en un albornoz. Y de nuevo, él se había resistido al deseo empleando la rabia como escudo.

No se había sentido capaz de aprovecharse de ella. Si se unían como marido y mujer, sería porque ambos deseaban darle a Barazbin futuros herederos. La pasión y el deseo no entraban en su matrimonio.

Al amanecer, se había quedado junto a la cama observando a la mujer con la que se había casado, la mujer a la que había deseado pero que no podía tener. Había saboreado los suaves suspiros que había emitido mientras dormía y la dulzura de su rostro porque jamás serían suyos. Había cumplido con su deber. Se había casado con ella, pero no podía permanecer junto a una mujer que lo engañaba, que le ocultaba su pasado. No, cuando podía provocarlo con tanta facilidad. Por su propio bien, ella debía irse.

—La validez de nuestro matrimonio nunca ha sido puesta en duda, ni siquiera después de que te marcharas —le dijo apartándose para no caer en la tentación de besarla. Nunca había saboreado sus labios, nunca los había sentido arder de pasión bajo los suyos, y ahora mismo eso era lo único en lo que podía pensar—. Lo que hiciste aquella noche, lo de quitarte la ropa, funcionó. Nadie ha puesto en duda el matrimonio.

—Ojalá no hubiera funcionado —contestó Amber con brusquedad al salir de la cocina rozándole el brazo en ese diminuto espacio.

Bajo la tenue luz del pasillo él la vio quitarse el abrigo y colgarlo, y se sintió atraído por el modo en que sus vaqueros se ceñían a sus largas piernas.

—Admitiré lo que hice. Explicaré exactamente lo que pasó para que puedas anular el matrimonio.

Él sacudió la cabeza y la siguió hasta el pasillo.

—Es demasiado tarde para eso, Amber —no podía permitir que nadie cuestionara su matrimonio. Jamás.

Ella se giró para mirarlo; su rostro estaba parcialmente ensombrecido por la tenue luz del pasillo, pero sus palabras sonaron desafiantemente claras.

—No puedo volver a Barazbin. No quiero. Me necesitan aquí.

Todo había cambiado mucho y él era el culpable. Era el único heredero al trono y su padre estaba enfermo. Por el bien de su país, no tenía tiempo para ponerle fin a un matrimonio y concertar otro. Tenían que verlo con su esposa, la mujer con la que su pueblo lo había visto casarse y la misma a la que habían recibido tan afectuosamente. Anular el matrimonio ahora haría que su pueblo dudara de él. Si no podía hacer funcionar un matrimonio, ¿cómo iba a poder gobernar un país?

–Puede que la gente no te crea si se descubre tu profesión. ¿De verdad quieres que se airee ese escándalo? El pueblo de tu padre, al igual que el mío, te darían la espalda –esperó a que esas palabras surtieran efecto y vio sus encantadores ojos abrirse de par en par–. Ahora el único que puede salvar tu reputación soy yo.

–Eres despreciable –le susurró ella pronunciando cada sílaba con desprecio.

Apenas conteniendo la furia en cada paso que daba, Amber fue hasta otra puerta y la abrió.

Al verla entrar en la habitación, él recordó que había un niño y esa furia irracional lo consumió de nuevo. ¿Por qué estaba viviendo allí, compartiendo un abarrotado piso con una madre soltera que trabajaba como *stripper*? ¿Acaso intentaba mancillar su reputación?

Kazim apretó los puños contra la irracional rabia que bramaba en su interior, intentando recuperar el control.

Un momento después, y algo más sereno, no pudo contenerse y abrió la puerta un poco. Ahí encontró a Amber arropando a un niño pequeño en una diminuta cama. El niño murmuró algo entre sueños y ella le acarició su pelo rubio antes de besarlo en la frente. Por lo poco que sabía de niños, calculaba que el pequeño tendría unos dos años.

Cuando Amber alzó la mirada y lo vio, se sintió

avergonzado por haber presenciado un momento tan
tierno. Se sentía como un intruso, y la expresión de
impacto de ella le dijo lo mismo. Sin embargo, no la
dejaría tranquila tan fácilmente. Se quedó allí de pie
mirándola y pensando en qué habría pasado si hubiera
sucumbido a la tentación, si hubieran tenido un hijo
como resultado de su noche de bodas. No quería ser
padre, no quería exponer a un niño al mismo dolor
que él había conocido, pero su posición en la vida
implicaba que la paternidad fuera una obligación.
Tenía que tener un hijo, un heredero para Barazbin.

Bajo la tenue luz de la habitación no podía ver su
expresión con claridad.

–Si no te importa... –susurró Amber.

En silencio, él retrocedió. La habitación del niño
no era lugar para discusiones y por eso se marchó y
cerró la puerta. Volvió a la deprimente y claustrofó-
bica cocina y toda clase de preguntas se le pasaron
por la cabeza.

Instantes después, ella estaba junto a la puerta con
las manos apoyadas en las caderas, lista para la batalla.

–Dame una buena razón por la que debería importarme lo que dice la gente de mí, por la que debería
importarme que mi reputación quede arruinada, como
has expresado tan agradablemente.

–Tu familia.

Un intenso dolor atravesó a Amber.

–No he visto a mi familia desde el día siguiente a
la boda.

«El día que me rechazaste».

Cuando su padre había decidido enviarla fuera,

Amber le había suplicado a su madre que la ayudara, pero su madre, comprometida con el estilo de vida del desierto, le había dado la espalda al igual que le había dado la espalda al mundo occidental del que provenía. Para ella, los matrimonios concertados ahora ya eran algo normal y aceptable. Era como si estuviera intentado borrar sus ancestros ingleses y, junto con ellos, los problemas en los que se había metido su hija en el internado.

Las siguientes palabras de Kazim la devolvieron a la realidad, apartándola del dolor del rechazo y la decepción de sus padres.

—Así que has dado la espalda a tu familia y a tus raíces para venir a París a trabajar en un club —se cruzó de brazos y la miró con gesto acusatorio.

Ella pensó que iba a provocarla otra vez, que iba a obligarla a admitir que era *stripper* en lugar de camarera.

¿De verdad pensaba que habría dejado atrás a todo el mundo por voluntad propia?

Intentó ignorar el dolor, tal como había hecho en su día de bodas, y dejó que ese sentimiento se convirtiera en rabia. Por mucho que fuera el hombre al que había amado desde la primera vez que lo había visto, el hombre con el que había soñado formar una familia, era también el hombre que jamás la amaría. Ya era hora de que aceptara eso y siguiera adelante.

—Dónde trabaje y qué haga es irrelevante —le dijo con brusquedad deseando no haberlo dejado entrar en el piso nunca. Pero tenía que ponerle fin a esa situación; tenía que liberarse de él—. Lo importante es que las dos personas que significan para mí más que nadie en el mundo me necesitan y me quieren aquí.

La otra única persona que la había hecho sentirse

necesitada y querida era su abuela, a la que echaba de menos tremendamente desde su fallecimiento. Por eso, desde que Annie y el pequeño Claude habían entrado en su vida, se sentía feliz por primera vez en muchos años. Tenerlos compensaba con creces el hecho de que el único trabajo que había podido encontrar sin demostrar su identidad fuera en el club.

–En Barazbin te necesitan.

–Tal vez me necesitan –respondió ella encogiéndose de hombros e intentando mostrar indiferencia–, pero no me quieren, Kazim. Tú no me quieres.

–Mi padre está enfermo.

Kazim había palidecido y tenía una mirada de angustia. Por un momento, Amber sintió su dolor y quiso abrazarlo, pero no pudo. Mostrar semejante debilidad sería un error fatal.

–Mi deber es asegurar el futuro de Barazbin.

–Pero yo no tengo nada que ver ahí, no cuando no nos hemos vuelto a ver desde el día de la boda. Hasta has admitido que se cuestionaría mi reputación. Tu deber no tiene por qué incluirme a mí –se aferró a la esperanza de que él viera que no era apropiada para ser su princesa, y menos ahora. Pero su gesto de determinación la advirtió de que esa esperanza era en vano.

–Eres mi esposa.

Se acercó a ella y pronunció esas palabras lentamente y con firmeza mientras Amber sentía que se le empezaba a hacer difícil respirar.

–Y volverás conmigo.

Ella suspiró. ¿Cuándo lo iba a entender? ¿Cuándo iba a entender que no podía echarla de su vida y después volver a aceptarla cuando le interesara?

–Ese niño me necesita –dijo señalando a la puerta de la habitación donde dormía Claude.

–¿Y por qué es tan importante que estés aquí si tú no eres su madre? –ahora parecía furioso, como si se le hubiera agotado la paciencia–. Si no supiera la verdad, te preguntaría directamente de quién es el niño.

¿Cómo podía pensar algo así? Ella nunca había intimado con ningún hombre. Simplemente había escuchado la advertencia que le había hecho su madre sobre la reputación de Kazim con las mujeres y había intentado ser algo que en realidad no era: una seductora. Pero el gesto de repulsión que había visto en el rostro de Kazim aún la atormentaba.

Cansada de estar dándole vueltas al mismo tema, Amber repitió:

–Me voy a quedar aquí, Kazim, donde me necesitan y me quieren.

–¿Por qué? –formuló la pregunta con recelo y ella supo que no desistiría hasta que supiera la verdad.

–Claude necesita una operación. Una operación que le cambiará la vida porque supondrá que pueda caminar y crecer del modo más normal posible –por mucho que lo intentó, no logró evitar que la emoción le tiñera la voz.

Conocer a Claude y a Annie había sido como una balsa salvavidas para ella y quería devolverles lo mismo a las dos únicas personas en el mundo que habían estado a su lado cuando nadie más lo había hecho. Si no hubieran entrado en su vida cuando lo hicieron, no habría tenido un hogar.

Él se mantenía firme, con su hermoso rostro fruncido mientras asimilaba la información.

–Eso no es excusa. ¿Por qué te tienes que quedar?

–¿Es que no sabes cómo funciona la vida real, Kazim? –ahora sí que estaba furiosa–. Annie es madre soltera. Trabaja muchísimo para mantener a su hijo y, sí, trabaja como bailarina en el club. ¿Y sabes por qué? Porque Claude necesita ir a Estados Unidos lo antes posible para someterse a unas operaciones que costarán mucho más de lo que Annie puede soñar con ganar en un trabajo normal.

–¿Y por qué tienes que implicarte tú en esto? –le preguntó furioso–. ¿Qué pasa con su familia? ¿Y el padre del niño?

Amber recordó el día que Annie le había contado que Claude y ella estaban solos en el mundo. En aquel momento todo el dolor y el sufrimiento que sentía a consecuencia del rechazo de Kazim y de sus padres se quedó en nada, y ayudar a Annie se convirtió en el centro de su vida.

–Renegaron de ella –dijo mirándolo a los ojos con firmeza–. Y sé muy bien lo que se siente.

–¿Tu familia renegó de ti? –preguntó él impactado y se acercó a ella... demasiado.

–Después de que me mandaras a casa, sí. Mis padres lo vieron como una deshonra y me obligaron a marcharme de Quarazmir para evitar un escándalo. Me repudiaron. Al igual que le pasó a Annie –era esa conexión lo que había creado un vínculo tan estrecho entre las dos–. Por eso, estoy decidida a hacer todo lo que pueda para ayudarla.

Al ver cómo Kazim respiraba hondo por la nariz, furioso, Amber sintió una profunda satisfacción. Por fin estaba siendo consciente de las repercusiones de lo que había hecho.

Sobresaltado por el sonido de la cerradura de la puerta, la miró. Unos segundos después, Annie entraba en casa con su actitud optimista de siempre.

–¡Vaya noche! –susurró y se detuvo asombrada al ver a Kazim.

–Annie, te presento a Kazim. Justo ahora le estaba hablando de Claude –vio esa habitual tristeza cubrir de nuevo el rostro de su amiga y deseó no haberlo mencionado.

–Iré a ver cómo está y os dejaré solos. Si es que quieres, claro –respondió Annie mirándolos a los dos con gesto de preocupación.

A Amber se le derritió el corazón ante la preocupación de su amiga. Parecía que Kazim no la intimidaba del todo y que, de ser necesario, la defendería.

–Estoy bien, gracias, Annie –le susurró Amber dirigiéndole una reconfortante sonrisa sin dejar de sentir la mirada de Kazim clavada en ella.

–Si necesitas algo... –añadió Annie en voz baja antes de entrar en el dormitorio de Claude y dejarlos solos de nuevo.

Amber estaba agotada, demasiado cansada como para hablar con Kazim, como para hablar con nadie sobre algo que no tenía intención de hacer.

–Tienes que marcharte.

–No hasta que me des tu palabra de que vas a volver a Barazbin conmigo.

Ella sacudió la cabeza lentamente, con más determinación que antes.

–No, Kazim. No puedo. Mi sitio está aquí.

Abrió la puerta del piso y alzó la barbilla esperando a que Kazim se marchara. No tenía nada más que decir. Su matrimonio estaba acabado.

Él fue hacia ella, se detuvo y entre susurros dijo:

–El niño tendrá las operaciones que necesite. Yo me encargaré de ello.

Amber no era capaz de asimilar esas palabras. ¿Claude iba a recibir la ayuda que necesitaba... de Kazim?

Se quedó sin aliento y tuvo que agarrarse a la puerta.

–¿Quieres decir que nos ayudarás? –la esperanza la embargó. ¡Claude podría caminar!

–Con una condición.

Ella frunció el ceño y observó su hermoso rostro.

–¿Condición?

–Que vuelvas a Barazbin conmigo.

Amber sacudió la cabeza con incredulidad.

–No.

¿Cómo podía pedirle algo así?

Kazim se acercó tanto que dominó todo su espacio y le robó hasta el aire que respiraba.

–Recibirá todas las operaciones que necesite lo antes posible y los instalaré en una casa, donde su madre quiera. Estarán seguros y a salvo mientras el niño crezca.

–Pero... –no era capaz de formar una frase. Que le dieran todo lo que quería y que le impusieran al mismo tiempo todo eso de lo que había huido era demasiado.

Finalmente pudo respirar y pensar.

–¿Y si digo que no?

–Entonces me iré de aquí y no tendremos nada más que ver el uno con el otro... exceptuando un divorcio.

No tardó ni un segundo en contestar. Tan mercenario como de costumbre.

–Eso es chantaje –ella se tocó los labios mientras lo miraba, incapaz de creer que pudiera ser tan cruel, tan insensible.

–No, Amber. Es solo un modo de conseguir lo que ambos queremos.

–Eres increíble –resistió las ganas de darle puñetazos en el pecho mientras la frustración erupcionaba como un volcán en su interior. ¿Cómo podía ponerla en una situación así? Claude podría estar bien y Annie podría tener un hogar, pero no era Kazim el único que les daría todo eso. Ella también lo haría.

–La decisión es tuya, Amber. Volveré a primera hora de la mañana y espero que estés lista para marcharte.

Capítulo 3

MIENTRAS el cielo se iluminaba sobre París, Amber cerró la puerta del piso sin hacer ruido. Le había dejado una nota a Annie contándole que tenía que marcharse un tiempo, aunque sin decirle nada sobre la promesa de Kazim o, más bien, el chantaje. ¿Cómo le habría podido explicar que tenía un marido al que nunca había mencionado y que era una princesa en lugar de una chica corriente?

Como si lo hubieran conjurado sus pensamientos, el coche negro de Kazim apareció y se detuvo en la estrecha calle. Mientras, ella intentó digerir el sentimiento de culpa que le producía abandonar a Annie mezclado con los nervios provocados por eso a lo que había accedido. ¿De verdad volvería a Barazbin?

Respiró hondo el aire de la mañana y exhaló suavemente intentando calmarse. Volvería, pero sería solo por un tiempo; de eso estaba segura. Cuando Claude estuviera bien para volver a casa, ella regresaría también.

Miró el coche pensando en lo que representaba: su vuelta a la vida que creía haber dejado atrás.

Desde que se había marchado había pensado que, si volvía a saber de Kazim, sería para tramitar el divorcio. Sin embargo, en sus adentros había deseado que apareciera de pronto y la llevara de vuelta al reino con declaraciones de amor verdadero.

La idea de que se hubiera convertido en un chantajista despiadado no la había contemplado nunca.

Estaba en los escalones observando el coche, con sus cristales tintados que lo protegían de miradas curiosas, y por un momento tuvo que contener las ganas de salir huyendo, de alejarse todo lo posible de lo que le había deparado el destino.

—Buenos días, princesa —el conductor salió del coche y lo rodeó hasta llegar a ella. Su saludo le puso los nervios de punta. ¿Dónde estaba Kazim? ¿Tan seguro estaba de que volvería con él que ni siquiera había considerado necesario ir a recogerla personalmente?

Por un momento quiso correr al interior del piso. Si no se podía molestar ni en ir a buscarla, ¿por qué se estaba planteando volver con él? ¿Es que se creía que podía tratarla como si fuera un mero paquete y mandarla de vuelta al desierto sin más?

El conductor agarró su maleta y abrió la puerta trasera. Ella entró en el espacioso interior con aprensión y vio que ya estaba ocupado. Se le escapó un grito ahogado antes de poder recuperar la compostura al ver a Kazim allí sentado, tan regio, observándola.

Sereno, completamente seguro de sí mismo y endemoniadamente guapo, la vio quedarse paralizada, incapaz de sentarse o darse la vuelta. Amber se preguntó si habría captado la agitación que la invadía. Con cautela, se sentó frente a él, sin atreverse a acercarse demasiado a esa imponente presencia que le estaba minando las fuerzas.

Los nervios se entremezclaron con ansiedad haciéndola enfurecer irracionalmente. No se había molestado ni en bajar del coche, y mucho menos, en dirigirle la palabra. Lo fulminó con la mirada.

–Al menos podrías dar los buenos días.

Él sonrió; fue una lenta sonrisa que intensificó el color de sus ojos hasta un tono parecido al del cielo a medianoche. Estaba demasiado seguro de sí mismo.

–Si te hace sentir mejor, lo haré. Buenos días, Amber –su voz sonó más profunda y más intensa de lo que la había notado nunca–. Aunque, de todos modos, tampoco ha pasado tanto rato desde que nos separamos.

Ella lo ignoró y centró su atención en las calles de París, en cómo la vida diaria que le había resultado tan entretenida despertaba a su alrededor. Mientras el coche se movía en silencio, como un depredador raptándola, contempló los magníficos edificios. Después, las elegantes cafeterías que siempre se había prometido que visitaría pasaron ante sus ojos como burlándose de todo lo que no había hecho aún.

No le parecía posible que ese hombre hubiera puesto su vida patas arriba, y lo peor de todo era que había sido ella la que le había facilitado la munición necesaria para hacerlo al hablarle de Claude. Si no le hubiera dicho nada, él no habría tenido nada en lo que apoyarse. Debería haberse negado a volver con él. Debería haber insistido en el divorcio.

–No lo suficiente –se apresuró a responder–. Ojalá nos hubiéramos reunido para lo que de verdad tendríamos que haber hecho: arreglar el divorcio –se giró para mirarlo a la cara e intentó ignorar el modo en que su cuerpo reaccionó por estar tan cerca de él. Esos ingenuos sueños de pasión y finales felices tenían que quedar anulados de una vez para siempre... y lo antes posible.

–Las cosas han cambiado –él se inclinó hacia delante, acercándose demasiado y aumentado su irritación.

El embriagador aroma de su loción para después del afeitado, potenciado en el interior del coche, hizo que el pulso se le acelerara rápidamente. No se podía permitir reaccionar así; no podía permitir que solo con mirarlo todo su interior se convirtiera en lava fundida. No podía perder el control.

–Eres tú el que ha venido a buscarme, Kazim. Eres tú el que me necesita –tras preguntarse de nuevo por qué había accedido a sus exigencias, pensó en Claude y en que esa podía ser su única oportunidad de recibir el tratamiento que necesitaba. Así que, por Claude, iría. Protegería su estúpido corazón y mantendría las distancias con Kazim. Era la única opción que podía ver ahora mismo.

Él se recostó en el asiento y el movimiento la despertó de sus pensamientos. Lo vio sacar el teléfono del bolsillo de la chaqueta. ¿Qué le pasaba? Ni siquiera era capaz de prestarle su atención.

–No, Amber, eres tú la que me necesita. Quieres dinero para la operación del niño y, en el fondo, también quieres complacer a tu familia y retomar la relación con ellos. Necesitas este matrimonio tanto como yo.

Ella apretó los dientes y contuvo la réplica. ¿Cómo podía pensar que querría complacer a su familia después de que la habían repudiado? No había vuelta atrás; eso ellos lo habían dejado bien claro.

–Gracias a ti, no tengo familia.

Él la miró y una pregunta se iluminó en sus ojos, aunque no dijo nada, como para provocarla con su silencio.

–Te encargaste de que así fuera al mandarme de

vuelta con ellos. Estaban tan horrorizados y avergon-
zados de que me hubieras rechazado que me enviaron
a Inglaterra –pero Inglaterra no había resultado ser el
castigo pretendido. Había conocido a parientes lejanos de su abuela y allí había reunido fuerzas para
trasladarse a París, una ciudad que siempre la había
atraído.

Aún la destrozaba pensar en la cara de su padre,
incapaz de ocultar su decepción. Tal como él le había
dicho, su matrimonio no había generado nada más
que deshonra. Si su marido la había rechazado después de solo una noche, entonces a él no le quedaba
otra opción que echarla de casa.

Amber contempló las calles y la impresionante Torre Eiffel apuntando hacia el cielo. Ni siquiera había
ido a visitarla, y mucho menos había visitado las gale-
rías y los museos. Pero, claro, jamás se habría esperado
tener que marcharse de allí tan pronto.

–No deberían haberlo hecho –dijo Kazim hablando,
por fin, con un tono aterciopelado pero duro a la vez
y, a regañadientes, ella apartó la mirada de la hermosa
ciudad–. Tu padre obtuvo lo que quería de nuestra
unión. Sus tierras ahora son muy prósperas.

Amber sacudió la cabeza.

–No lo entiendes, Kazim.

–¿Qué hay que entender? –su expresión se endureció cuando la miró antes de volver a centrar la atención en el teléfono. Unos segundos después comenzó
a hablar por el móvil en su lengua materna y, como un
canto, esa conversación la envolvió despertándole recuerdos. La llevó hasta los días en los que había sido
feliz, los largos días de infancia que había pasado en
la tierra de su padre, Quarazmir; hasta una época en la
que en su mundo todo había estado bien. Al menos,

hasta que la habían enviado a un internado en Inglaterra para que conociera más sobre sus raíces inglesas, algo en lo que su padre había insistido y contra lo que su madre había luchado.

Decidió apartar esos pensamientos cuando Kazim terminó la llamada, se guardó el teléfono y la miró.

–El jet está listo y esperando. Estaremos allí en menos de una hora.

–¿Una hora? Pensé que íbamos a Barazbin –preguntó confundida.

–Me dirijo a Inglaterra. Tengo unos negocios que cerrar antes de volver a Barazbin.

Se quedó impactada. ¡No había ido hasta París solo por ella! Simplemente había hecho un alto en el camino como si no fuera nada más que un cabo suelto que tenía que atar. Ese primer impacto dio paso a una intensa furia y ella cerró los puños con fuerza, clavándose las uñas en las palmas de las manos.

–Deberías habérmelo dicho. Podría haber organizado mejor mi marcha –«o no haberme marchado directamente». Pero entonces pensó en Claude y en lo que recibiría a cambio del pacto que ella había hecho con el diablo. Estaba haciendo todo eso por Claude y por Annie, no por sí misma, y en ningún momento por Kazim. En cuanto pudiera, dejaría Barazbin y su matrimonio atrás.

–¿Y qué habrías organizado mejor? ¿Lo habrías preparado todo para huir, para asumir una nueva identidad y aceptar otro trabajo en un establecimiento igual de repugnante?

Ella se sonrojó. Le había leído el pensamiento.

–¿Preferirías que le hubiera contado a todo el mundo quién era?

–No –respondió él con brusquedad–. Pero estás

avisada, Amber. Si este episodio de tu vida sale a la luz y pone en peligro todo lo que estoy intentando lograr en Barazbin, lo pagarás caro.

–Ahora estamos llegando al fondo de la cuestión –dijo ella y sonrió sarcásticamente–. ¿Exactamente qué estás intentado hacer, además de volver a destrozarme la vida? ¿Por qué soy tan necesaria precisamente yo, la mujer con la que te casaste y a la que rechazaste en una sola noche?

Justo cuando pensaba que estaba a punto de desvelar el misterio de la repentina intrusión de Kazim en su vida, el coche se detuvo.

Estaba a punto de marcharse con Kazim, un hombre que la había apartado de su vida con suma frialdad. No tenía ni idea de cuándo volvería a París, pero estaba segura de que no permanecería en Barazbin por mucho tiempo.

–Ya estamos aquí –dijo Kazim agradecido por haber llegado al aeropuerto en el momento más oportuno. Había estado a punto de decirle que no solo era de suma importancia para su sucesión al trono, sino crucial en un trato que iba a hacer; un trato que le aseguraría la paz a su pueblo, un trato muy importante para él. Era su deber volver a Barazbin con ella; un deber que estaba dispuesto a cumplir fueran cuales fueran los obstáculos que tuviera que sortear.

Siempre había querido ayudar a las tribus nómadas, tal como había hecho su padre anteriormente, y ahora había llegado el momento de que se apartara de su próspera compañía petrolera y asumiera el cargo para que el que había nacido. El deber llamaba y esa llamada se estaba volviendo cada vez más insistente.

En un intento de olvidar la vida de la que se había visto obligado a privarse, centró la atención en Amber y la observó. Ella se había acercado a él en su noche de bodas y él la había rechazado. Había tenido sus razones... buenas razones. Pero ahora no podía ignorar lo que había sentido aquella noche, una pasión tan intensa que aún le bullía por la sangre. La deseaba.

¿Tan malo era? ¿Tan malo era que un hombre deseara a su esposa?

Se inclinó más hacia delante, acortando la distancia entre los dos y sorprendiéndose a sí mismo tanto como a ella cuando la besó. Una vertiginosa sensación lo invadió al no encontrar resistencia por su parte y sentir cómo sus labios se movían bajo los suyos. Al cabo de un segundo, ella se detuvo como si fuera a apartarse, pero entonces separó los labios como animándolo a continuar. Sabía a menta; era un sabor tan limpio y vibrante que se filtró por su cuerpo haciéndole desear mucho más que un simple beso.

Oír al conductor abrir la puerta y toser como para hacerse notar apagó el deseo y lo hizo apartarse bruscamente. El encantador y oscuro rostro de Amber se sonrojó, sus ojos se volvieron de un tono bronce y sus labios carnosos le resultaron extremadamente apetitosos.

Se puso tenso y se sintió más decidido que nunca a conseguir lo que se había propuesto: recuperar a su mujer. Ya era hora de que reclamara a su esposa, de que la hiciera suya.

—Eres mi esposa, Amber, y ya es hora de que empieces a actuar como tal —la dureza de su voz le recordó a su padre, pero ahora no podía detenerse a pensar en eso. No, cuando el deseo lo recorría de un modo que no había experimentado nunca.

—No, no puedo.

Amber tenía los ojos abiertos de par en par y sus mejillas ligeramente sonrosadas avivaron más aún su deseo.

—No lo aceptaré. Me perteneces y ya es hora de reclamar lo que es mío —incluso a él esas palabras le sonaron propias de un bárbaro, como algo pronunciado por un jeque de épocas pasadas... o por su despótico padre. Jamás había querido ser así, pero en cuanto sus labios se habían rozado, había perdido la razón y la capacidad de pensar racionalmente. Se sentía desenfrenado.

—Por favor, Kazim, no puedo ser tu esposa —le suplicó—. No puedes arrastrarme hasta Barazbin, así, sin más.

—Aún no hemos llegado —dijo Kazim bajando del coche.

—¿Por qué tengo que ir ahora?

Amber salió del coche y él, al ver cómo el viento le pegaba la blusa al cuerpo, se deleitó con su esbelta figura. Ella se le acercó con la barbilla alzada y gesto desafiante. Aunque no lo alcanzaba en estatura, era una mujer alta.

—No soy un perro al que puedas llamar y dar órdenes a tu antojo.

—Por aquí —dijo Kazim agarrándola del brazo y llevándola hacia el avión, decidido a no provocarla. Le resultaba muy extraño estar caminando junto a ella, como si fueran una pareja.

—Esta noche nos quedaremos en Londres. Mañana asistiremos a un partido de polo donde tengo que reunirme con otros gobernantes. Una vez haya cerrado mi negocio, volveremos a Barazbin.

Después de subir la escalera hasta el interior del pequeño jet privado, se giró y añadió:

—Por la poca cantidad de equipaje que traes, doy por hecho que no tienes ropa de noche ni nada apropiado para el fin de semana.

—¿Fin de semana? La cosa empeora por momentos, Kazim. ¿Por qué no puedo ir directamente a Barazbin?

Cuando él la vio en la puerta del avión con semejante gesto de asombro, como sobresaltada, se sintió culpable, pero no se podía permitir hacerle caso a ese sentimiento, no ahora, cuando había tanto en juego.

—¿De verdad hace falta que lo preguntes?

—Sí, la verdad es que sí —indignada, lo miró desafiante.

—Pudiste haberte negado a venir —tenía todo el derecho del mundo a hacerlo. Él lo sabía, al igual que sabía que, después de cómo se había comportado en su noche de bodas, cualquier mujer se habría dado la vuelta y habría salido corriendo. Pero Amber no lo había hecho porque la noche anterior él había sacado provecho de la única cosa que significaba algo para ella. ¡Se lo había puesto sorprendentemente fácil!

—Siempre que cumplas con tu parte del trato y envíes a Claude a los Estados Unidos, me iré contigo. Al menos, por un tiempo.

La mirada de Amber se endureció y se volvió de un profundo tono caoba. Y cuando él la miró, algo sucedió entre los dos; algo que era más que atracción y deseo. De nuevo, Kazim decidió ignorarlo... por el momento.

—El niño recibirá su tratamiento médico. Tienes mi palabra. Enviaré a la única persona en la que confío para que se asegure de ello.

La azafata impidió cualquier posibilidad de discusión al aparecer ante ellos para acompañarlos hasta sus asientos y llevar a cabo las comprobaciones de seguridad en la cabina. Se sentó aliviado al ver que Amber también lo hacía.

Amber quería levantarse y salir corriendo del avión. Vio cómo la azafata cerraba la puerta. ¿Era definitivo? ¿Se marcharía a Barazbin para siempre? No, no podía hacer eso.

Cuando el avión despegó, se agarró al asiento y miró al frente. ¿Podía Kazim presentarse como salido de la nada y chantajearla para que volviera y fuera su esposa... para siempre? No se veía con la fuerza necesaria para resistirse a él durante mucho tiempo. Su beso acababa de demostrarlo. Había querido apartarlo, pero en realidad se había rendido ante él. ¿Qué habría pasado si el conductor no hubiera abierto la puerta en ese momento?

Se giró y vio que Kazim la estaba observando en silencio.

–¿Cuánto tiempo tengo que estar en Barazbin? –se asombró ante lo calmada que le sonó la voz y, a juzgar por la expresión de Kazim, él también se sorprendió.

–Resulta una pregunta extraña viniendo de mi esposa –respondió Kazim dedicándole una de sus encantadoras sonrisas, de esas que le habían robado el corazón a los segundos de verlo por primera vez.

Por entonces era joven e ingenua y se había dejado llevar por el romanticismo de verse comprometida con un hombre tan guapo. Había oído hablar de él mucho antes de que lo hubiera conocido y se había enamorado de lo que ahora sabía que era una fantasía fruto de su imaginación.

–Durante casi un año hemos llevado vidas completamente separadas. Soy tu esposa solo de nombre, nada más −«porque me rechazaste, me repudiaste». Tenía las palabras en la punta de la lengua y apretó los labios firmemente para no dejarlas escapar. Él jamás debía saber cuánto la había humillado al rechazarla. Un hombre legendario por sus habilidades como amante, tal como le había dicho su madre, no esperaría encontrarse una joven torpe y bobalicona. Seguir ese consejo había sido un error, había sido el error que había puesto fin a su matrimonio antes de que siquiera hubiera comenzado.

−Desde nuestra boda he estado ocupado con mis problemas y espero que ahora todos esos asuntos se puedan resolver por fin. La enfermedad de mi padre ha empeorado la situación y me ha obligado a volver al palacio. Con nuestro regreso todo irá bien.

Las palabras de Kazim la devolvieron al presente de inmediato. No debía pensar en aquella anoche. Tenía que ser tan fuerte como lo era él ahora. Era su única defensa.

−¿Nuestro regreso?

−Sí, Amber. Eres la princesa de Barazbin y tienes un deber para con tu pueblo, al igual que yo. Tu regreso se espera dadas las circunstancias actuales −¿se le habría escapado algo cuando había estado despistada pensando en el pasado? ¿Le habría dicho en ese momento por qué exigía su regreso?

−¿Qué circunstancias? −oyó el ligero temblor de su propia voz y se odió por ello.

−Como te expliqué anoche, mi padre está enfermo. Es un hombre debilitado y, a pesar de todo lo demás que opino de él, es un buen soberano. Quiere asegurar un futuro para su pueblo. Un futuro en el que tú y yo estamos obligados a participar.

–No pienso volver a Barazbin contigo por una cuestión de lealtad o deber para con tu pueblo...

–También es tu pueblo.

Ella respiró hondo, se recompuso y habló con tanta dignidad como le fue posible.

–Voy a volver porque me has chantajeado, porque estás usando a un niño pequeño que necesita ayuda desesperadamente. Esa es la única razón por la que me marcho contigo, Kazim. No lo olvides nunca.

«No lo hago porque siga enamorada de ti».

Él se pasó los dedos por la mandíbula mientras asimilaba esas palabras. Estrechó la mirada con desconfianza y, claramente irritado, dijo inclinándose hacia ella:

–No es chantaje. Es un acuerdo del que nos beneficiamos mutuamente. Uno del que los dos saldremos ganando.

¿Cómo podía creer de verdad eso cuando había dejado claro que se alejaría de ella y de Claude si no accedía a volver a Barazbin con él?

Lo miró; de fondo se oía el ruido de los motores del avión que la llevaría a la primera parada del viaje de vuelta a su país; un lugar al que no quería regresar, pero al que había decidido ir porque ahora mismo él tenía la sartén por el mango.

–Es chantaje, Kazim. Y lo sabes.

Capítulo 4

AMBER se asomó a la ventana del hotel de Londres, desesperada por hacer lo que fuera con tal de no ver a Kazim cerrar la puerta de la suite. El vuelo desde París había sido breve, pero estaba tan cansada, tan exhausta emocionalmente, que se sentía como si hubiera dado la vuelta al mundo. No habían intercambiado ni una palabra desde que lo había acusado de chantaje. Él había estado leyendo unos documentos hasta que habían aterrizado en Londres y se había mantenido sumido en un silencio casi siniestro, inquietante.

–Esta noche tenemos una cena. Confío en que te pongas algo acorde con tu posición.

Ante su tono irascible, ella apartó la mirada de la ventana y la dirigió hacia él.

Parecía muy cansado. Algo se tensó en su interior, tal como le había sucedido al verlo el día de su boda. En aquel momento su pura masculinidad le había robado la capacidad de pensar con claridad y ahora se preguntaba si todo habría ido mal desde aquel momento. ¿Se había enamorado del hombre que quería que fuera en lugar de enamorarse del hombre que realmente era?

–Si me hubieras dicho que necesitaría trajes de noche, podría haberme traído algo para la ocasión –aunque tampoco sabía qué porque nada de lo que tenía en el armario podría haber servido para una cena en un lugar público con un hombre como Kazim. Había dejado atrás el glamour de una princesa del desierto para llevar una vida normal. Y lo había logrado, se había demostrado a sí misma que podía sobrevivir... hasta que la llegada de Kazim había desbaratado su nueva vida–. Me quedaré aquí. Ve tú.

Se giró y volvió a centrarse en las vistas de Knightsbridge bañado bajo la luz del sol. Cada vez que miraba a Kazim, la recorría un cosquilleo, y cuando él la miraba, ese cosquilleo se intensificaba tal como había sucedido desde la primera vez que se habían visto.

Mientras seguía mirando por la ventana, el silencio de Kazim pareció cargar el ambiente, pero por lo que a ella respectaba, el asunto estaba zanjado. No iría con él esa noche. Se cruzó de brazos ignorando las ganas de girarse y volver a mirarlo, pero le costaba demasiado y acabó cediendo ante la tentación. Cuando se giró, lo encontró mirándola con pose majestuosa y cargada de autoridad.

Era el poder personificado. Tenía unos hombros lo suficientemente anchos como para sobrellevar la carga que le había impuesto su posición en la vida aunque, como hombre, su alta figura reflejaba soledad. ¿Alguna vez dejaba que se la acercara la gente?

–¿Estás decidida a causar problemas, Amber? Eres mi esposa. Mi princesa y, como tal, irás donde yo vaya... al menos, hasta que volvamos a Barazbin.

Con eso le dijo bastante. En cuanto él volviera a su hogar, ella se vería obligada a asumir el papel de esposa obediente y sumisa y a sentirse como si estuviera de más. Sin embargo, tenía que ir si quería que Claude recibiera el tratamiento que necesitaba. Y aunque Annie aún no sabía las oportunidades que le deparaban a su hijo, ella no podía echarse atrás ahora. Una vez el tratamiento finalizara, volvería a París junto a su leal amiga. ¿Por qué quedarse con un hombre que ni siquiera sentía nada por ella, y que mucho menos la quería? Un hombre que le había hecho jirones el corazón.

—Bueno, pues esta noche tendrás que ir solo porque incluso aunque tuviera algo «acorde con mi posición», preferiría quedarme aquí —sabía que no debería estar provocándolo, pero no lo podía evitar. Solo porque fuera un príncipe del desierto no podía darle órdenes, y menos cuando no dejaba de recordarle constantemente que era «su princesa».

Se le aceleró el corazón y sintió mariposas en el estómago cuando él cruzó la habitación para acercarse a ella. Su rostro arrebatadoramente hermoso estaba cubierto por una oscura expresión.

—Hicimos un trato y aun así piensas que me puedes imponer autoridad.

Ella se mantuvo firme a pesar de querer apartarse.

—No tengo ningún indicio de que tú hayas cumplido tu parte del «trato», como lo llamas.

—¿Es que no te basta con mi palabra? —preguntó él alejándose y dándole la impresión de un animal enjaulado recorriendo el perímetro de su reducido territorio.

Ella miró sus anchos hombros y esa pose tan firme. Había vuelto a irrumpir en su vida abriendo heridas que habían empezado a sanar hacía muy poco, y el único modo de poder soportarlo era sabiendo que cumpliría su promesa de ayudar a Claude.

—No, no me basta —le contestó Amber con brusquedad. El sentimiento de humillación se había llevado por delante cualquier pensamiento emocional. Se había casado con ella, la había rechazado y abandonado–. ¿Por qué debería confiar en ti cuando me detestas tanto que no pudiste soportar estar cerca de mí? Estabas deseando sacarme de tu vida.

Ella contuvo el dolor y la rabia y deseó alejarse de él todo lo posible. Solo estar cerca la confundía. Sin poder soportarlo, echó a correr, agarró el bolso y fue hacia la puerta todo lo rápido que pudo. No podía permanecer en esa habitación con él ni un segundo más. Tenía las emociones revolucionadas; esas emociones que había creído tener bajo control ahora estaban amotinándose en su interior.

A pesar de todo lo que le había hecho, aún sentía algo por él, y por ello no podía arriesgarse a permanecer en la suite.

–¿Adónde vas? –preguntó Kazim con tono autoritario, pero ella no se detuvo.

–A comprarme algo para contentar a Su Alteza.

–El sarcasmo no va contigo, Amber –dijo él cruzando la habitación y deteniéndose en la puerta junto a ella.

A Amber se le cayó el alma a los pies. ¿Es que no podía ir sola? ¿Era eso un ejemplo de cómo sería su vida en Barazbin? ¿Un regreso a las restricciones de los guardaespaldas y del servicio?

–Soy perfectamente capaz de ir a comprar sola –le respondió y forzó una sonrisa.

–No puedes recorrer las calles de Londres sin escolta. Eres una princesa –fue con ella hasta el ascensor.

–¿Cómo te atreves? Llevo los últimos meses recorriéndome las calles de París sin tu ayuda. Estoy segura de que me las puedo apañar yo sola para comprar un vestido en Londres.

–No te pongas tan dramática. Haces que parezca

que te quedaste en la calle como una indigente, cuando la realidad fue muy distinta.

Cuando las puertas del ascensor se abrieron, él entró sin mirar atrás, claramente dispuesto a ser su escolta.

Más furiosa aún que antes, Amber entró tras él.

—¿Qué quieres decir con eso de que la verdad fue muy distinta? —le preguntó deseando que dejara de hacer ese tipo de comentarios. Si se había creído que después de aquella anoche le pediría ayuda económica, entonces no la conocía lo más mínimo.

—Eres una princesa y deberías vivir como tal... sea donde sea —se cruzó de brazos sin dejar de mirarla y con indiferencia se apoyó contra la resplandeciente pared del ascensor, como si mantener semejante conversación en un lugar así fuera algo tan normal.

Impactada, Amber no pudo más que quedarse mirándolo, pero el cambio que dio su expresión le indicó que él estaba perdiendo la paciencia. Hablaba como si le hubiera dado una gran cantidad de dinero, como si eso hubiera aplacado el sentimiento de culpa por haberla rechazado. La noche anterior había ignorado los comentarios sobre el hecho de que hubiera recibido dinero, pero ahora eso era algo que no se le iba de la cabeza.

Sin embargo, no era momento para hacer preguntas. Estaba claro que él pensaba que quería sacarle todo el dinero posible. ¿Y por qué quitarle esa opinión cuando tal vez era justo lo que necesitaba? Si creía que eso era lo que estaba haciendo, lograr que accediera a firmar el divorcio sería mucho más sencillo, sobre todo ahora que por fin había aceptado la verdad: independientemente de lo que sintiera, tenía que liberarse de él.

—Está claro que tu idea de cómo vive una princesa difiere mucho de la mía —respondió y, complacida, lo vio resoplar. ¡Eso! ¡Que se pensara que se había gastado todo su dinero! Ni quería el dinero ni lo quería a él. Lo primordial era que Claude se pusiera bien. Eso era lo único importante ahora mismo, y haría bien en recordarlo cada vez que el corazón se le acelerara por estar cerca de él.

—Al menos ahora los dos sabemos en qué posición nos encontramos.

Aprovechando que Kazim desvió la mirada, lo observó. Esa dureza de su rostro, de la que se había enamorado nada más verlo, ya no era tan evidente. Parecía como si haber abandonado las arenas del desierto para gobernar su país lo estuviera amansando lentamente.

Las puertas del ascensor se abrieron en el concurrido vestíbulo del hotel y ella estuvo a punto de salir corriendo, aún desesperada por poner entre los dos tanta distancia como fuera posible.

—No voy a huir. La salud de un niño ahora depende de que yo vaya a Barazbin... y de que tú cumplas con tu palabra.

Kazim la observó un momento y ella vio un músculo tensarse en su mandíbula mientras apretaba los labios con gesto de enojo. Amber enarcó una ceja y le lanzó una mirada desafiante a pesar de saber que no debería. ¿Qué tenía ese hombre que la hacía actuar de un modo tan... irracional?

—No discutas conmigo, Amber. Voy contigo.

Ella suspiró resignada y, decidida a no permitir que viera cuánto la estaba afectando a todos los niveles, salió del hotel. Al cabo de unos segundos, al igual que había sucedido en París, la había alcanzado.

Amber iba ojeando las boutiques de la calle sabiendo que, sin duda, se encontraba en la peor zona de la ciudad para su actual presupuesto.

–Kazim –dijo deteniéndose en la calle tan bruscamente que, si él no la hubiera acercado a sí, los peatones que iban detrás se habrían chocado con ella. Aturdida, lo miró a los ojos, tan oscuros como siempre, pero en lugar de la dureza habitual, ahora en ellos vio algo tan intenso que la removió por dentro. Fue como si con esa mirada la estuviera reclamando como suya.

–¿Qué pasa ahora? –preguntó Kazim esbozando una escueta sonrisa.

Le dio un brinco el corazón. Ese cambio de actitud la confundió, la desarmó.

Tragó saliva; no quería admitirlo, pero no tenía elección.

–No me puedo permitir comprar aquí.

–Entonces iremos a la siguiente –respondió él sin apartar los ojos de su rostro.

De pronto pareció como si el mundo se detuviera a su alrededor y dejara de existir. El alboroto del tráfico se disipó y allí solo quedaron ellos dos.

Amber intentó aclararse las ideas y, ruborizada, le dijo:

–Lo que quiero decir es que no me puedo permitir comprar nada.

Él la soltó tan bruscamente que casi se cayó y de pronto los sonidos de la calle y del tráfico se precipitaron hacia ella, como si alguien hubiera subido el volumen de nuevo.

Kazim se intentó controlar. Sin duda, esa mujer sabía cómo enfurecer a un hombre. No tenía ni idea de por qué había decidido acompañarla. Ir de compras, del tipo que fueran, no era algo que soliera hacer, pero al verla asomada por la ventana de la suite la había visto vulnerable y ahora se sentía obligado a protegerla.

Por supuesto, su equipo de seguridad la habría seguido con discreción, tal como estaban haciendo ahora, pero Amber había despertado en él un instinto de protección, además de ciertos malos recuerdos de su infancia.

Le agarró la mano y, al ver la expresión de duda en esos ojos marrones, casi vaciló.

—Venga —dijo con aspereza y no muy cómodo con el rumbo que estaban tomando sus pensamientos al imaginarla vestida para cenar con un vestido ceñido y sexy—. Compra lo que necesites para esta noche y para dos días más. Yo me ocupo de la cuenta.

Con ella de la mano se dirigió a la boutique más cercana. La miró y la expresión que vio fue de tal desolación, tan inocente, que quiso abrazarla y besarla.

—Vamos a volver —respondió ella tirándole de la mano, intentando que no entrara en la tienda, pero él la sujetaba con firmeza suponiendo que se escabulliría entre la multitud de la calle a la mínima oportunidad que tuviera.

—¿Volver? —con una mezcla de exasperación y deseo, Kazim la soltó, abrió la puerta de la boutique y no le dio más opción que seguirlo adentro.

Unas elegantes dependientas corrieron a atenderlos y, al instante, él recuperó el control y les dijo lo que necesitaban. Cuando las mujeres condujeron a Amber hacia los probadores, ella miró atrás con su hermoso rostro prácticamente paralizado de horror.

Él se dio la vuelta, incapaz de controlar la necesidad de protegerla que solo el hecho de estar juntos le despertaba. Se sentía como si volviera a ser un niño pequeño protegiendo a su madre de la ira de su padre, plantándose entre los dos con valor y desafiándolo. Suspiró y, con los brazos cruzados, miró a la calle preguntándose cómo se había podido complicar todo tanto.

Estaba allí en una misión para recuperar a su esposa, pero mientras observaba el tráfico admitió a regañadientes por qué era en realidad tan importante. Quería demostrarle a su padre, de una vez por todas, que era merecedor de su tiempo, de su respeto. El fracaso no era una opción, ni siquiera aunque fuera eso con lo que su padre lo había provocado tan cruelmente incluso a pesar de su debilitado estado de salud.

Tenía que lograrlo, tenía que volver con Amber y ocupar su lugar como heredero, pero el problema era que no había contado con desearla tanto ni, mucho menos, con que ella fuera a abrir su pasado y a hacerle recordar el dolor de su infancia y otras cosas que habría preferido olvidar.

Y había algo más: desde la primera vez que habían vuelto a hablar, casi todo había girado en torno al dinero. Él le había enviado dinero al padre de Amber para mantenerla y aun así parecía que no había sido suficiente. ¿En qué se lo había gastado todo?

Se detuvo a reflexionar sobre ello. ¿Por qué vivir en un piso espantoso cuando había sido más que generoso? ¿De verdad estaba tan arruinada como decía? Algo no encajaba ahí.

Volvió a centrar su atención en Amber, que ahora miraba cómo le empaquetaban el sinfín de compras. Pagó la cuenta y pidió que entregaran los paquetes en el hotel.

La discusión sobre qué había hecho con el dinero podía esperar hasta más tarde.

–Vamos –dijo en voz baja. Podía sentirla a su lado. Podía sentir el calor de su cuerpo como si estuviera en mitad del desierto bajo el implacable sol–. Tenemos unos asuntos que solucionar, Amber.

–Lo único que hay que solucionar es tu insoportable actitud –respondió ella mirándolo y él se fijó en que la dependienta, con mucho tacto, bajó la mirada y se dedicó a prestarle excesiva atención a la última bolsa que había preparado.

–Podemos hablar de eso también si te hace feliz, pero no aquí –le contestó intentando evitar una discusión pública. Esperaba que la dependienta fuera discreta. Lo último que necesitaba era despertar más interés de la prensa. Que se publicaran titulares sobre su matrimonio no le vendría bien a nadie.

Miró a Amber y ella bajó la mirada. La vio tan joven y tan inexperta que contuvo las ganas de besarla. No deseaba únicamente rozar sus labios, sino un beso lleno de fuego y pasión. Tal vez debería hacerlo directamente en lugar de seguir preguntándose cómo sabrían sus labios porque ese ligero roce en el coche no le había bastado. Lo único que había hecho había sido avivar la llama que seguía encendida desde la primera vez que se habían visto.

Antes de poder añadir algo más, ella salió de la tienda. Despertaba en él una desbordante pasión, algo que ninguna otra mujer había logrado, y eso no le gustaba. No le gustaba lo más mínimo.

Amber se encontraba de vuelta en su lujosa suite preguntándose cómo podía Kazim llegar a irritarla tanto. Él estaba allí de pie, observándola, dominando el espacio con su presencia y consumiendo el aire. ¿Qué quería que le explicara? ¿Qué quería que le dijera ahora?

Justo en ese momento una llamada a la puerta rompió la tensión y comenzaron a llegar un montón de bolsas. ¿De verdad había comprado tanto? Kazim debía de pensar que era una derrochadora aunque, por otro lado, eso era lo que había querido que pensara de ella, así que, ¿por qué le importaba?

—Confío en que estés contenta con tus compras –dijo Kazim cerrando la puerta.

Ella lo miró y se quedó asombrada al verlo sonreír. Ese gesto le derritió el corazón.

—Sí, gracias –respondió–, aunque no era necesario todo esto. Ha costado una fortuna.

—Estás casada con el príncipe de Barazbin –la miró, ahora totalmente serio–. Hay que mantener cierto estatus. Por eso ya he sido más que generoso.

Ella frunció el ceño. ¿Iba a sacar a relucir el tema del tratamiento de Claude?

—Y yo te lo agradezco –era cierto. Se sentía agradecida de que Claude pudiera recibir por fin el tratamiento que necesitaba y que Annie pudiera dejar un trabajo que odiaba para cuidar a su hijo.

Antes de tener tiempo para seguir pensando en el tema, Kazim cruzó la habitación y se quedó de pie junto a ella. A Amber se le aceleró el pulso y volvió a caer bajo su hechizo. ¿Cómo había pensado que podría ser inmune a él? Si solo con su voz era suficiente, tenerlo tan cerca ya era demasiado.

Lo miró a los ojos, que la miraban como buscando respuestas o intentando expresarle algo. Ella bajó la mirada, avergonzada. Con delicadeza, Kazim le alzó la barbilla obligándola a mirarlo de nuevo. Ella se quedó sin aliento cuando, lentamente, él bajó la cabeza y rozó sus labios. Cerró los ojos.

Amber se tambaleó hacia él, deseando más, necesitando más. Era el único hombre al que había deseado. Uno al que se había mantenido fiel a pesar de cómo la había rechazado en la noche de bodas. Se sonrojó al recordar aquella noche. Había sido su absoluta falta de experiencia lo que la había hecho insinuársele; no había querido que pensara que ni siquiera sabía besar a un hombre. Había flirteado, se había pavoneado y había intentado besarlo.

Aún podía sentir el impacto que le había helado la sangre cuando él la había rechazado con esa mirada de repulsión. Y ella, tan decidida a no demostrar lo dolida que estaba, había continuado con su bravucona actuación; lo que fuera con tal de no admitir que había fracasado.

Ahora sus cálidos dedos bajo su barbilla estaban derritiendo ese hielo y ella se permitió ser justo lo que era: inocente e inexperta. Porque en ese momento no podía ser ninguna otra cosa.

Kazim se apartó y ella abrió los ojos. Nerviosa, lo miró. No se había esperado ver tanto deseo en su mirada. Los dedos seguían bajo su barbilla y él movía el pulgar ligeramente sobre sus labios, prolongando el cosquilleo que le había provocado el beso. Respiró entrecortadamente y deseando que volviera a besarla aunque sin atreverse a moverse, sin querer arriesgarse a verse rechazada otra vez.

—Deberías cambiarte —un cosquilleo le recorrió la espalda, pero entonces él se apartó y el hechizo se rompió—. Tengo que hacer una llamada, así que te dejaré tranquila para que te arregles.

Amber parpadeó atónita y se tocó los labios con

manos temblorosas. ¿Era posible que no la odiara tanto como había pensado, que ese delicado roce de sus labios significara algo más? Esperanzada y con una tímida sonrisa, recogió las bolsas y fue a uno de los dormitorios a ducharse y cambiarse.

Un momento después, los nervios la invadían de nuevo. Vio su reflejo en el espejo. Hacía tanto tiempo que no vestía una ropa tan bonita que casi había olvidado lo que se sentía.

El vestido negro se le pegaba al cuerpo y el escote era tal vez demasiado bajo, pero los zapatos que le habían insistido que comprara en la boutique eran preciosos: unas sandalias de tiras con una pedrería carísima que destellaba a cada movimiento que hacía.

¿Era demasiado para cenar? Estaba a punto de quitárselas y cambiarlas por unos sencillos zapatos planos cuando la puerta sonó con insistencia.

—Es hora de irnos, Amber.

Tímidamente la abrió y miró el hermoso rostro de Kazim esperando ver su reacción. ¿Habría elegido bien o se había arreglado demasiado? Le ardía la piel mientras él la recorría con la mirada como si la estuviera acariciando con esas oscuras profundidades. Contuvo el aliento y cuando él volvió a mirarla a la cara, el deseo que vio la impactó originando una reacción en cadena de calor que la recorrió.

—Estás... —se detuvo antes de añadir—: exquisita.

Incapaz de contenerse, lo miró detenidamente y se sorprendió por lo arreglado que iba para cenar. La prístina blancura de su camisa pronunciaba más aún el moreno de su piel y la chaqueta negra le sentaba a la perfección. La ropa occidental resaltaba su poderoso porte e hizo que el calor que ella sentía se intensificara.

Cuando volvió a mirarlo a la cara, él estaba sonriendo; fue una sensual sonrisa que pareció estar diciéndole «vente a la cama» y que hizo que el corazón se le estampara contra el pecho.

–¿Estoy a la altura? –preguntó él dando un paso atrás para que lo viera mejor.

–Creo que ya sabes la respuesta a eso –respondió ella algo desconcertada por el tono de su voz, pero optando por mostrar bravuconería–: Lo sabes demasiado bien.

Una chispa pareció saltar entre ellos, el mismo calor que llevaba ardiendo desde que él había pronunciado su nombre en el club. Amber lo miró fijamente intentando ocultar lo agitada que se sentía ahora mismo.

Y cuando él se rio, se quedó impactada. Unas finas arrugas se marcaron alrededor de sus ojos y, de pronto, lo vio más joven; más parecido al hombre que le había robado el corazón en Barazbin, un hombre mucho menos agitado.

–Una respuesta muy valiente –dijo él extendiendo el brazo. Ella lo miró un momento antes de agarrarse a él y disfrutar de que la hiciera sentirse tan especial. No duraría mucho, de eso estaba segura, así que, ¿por qué no sacarle el máximo provecho? Después de todo, era el primer y único hombre al que le había entregado su corazón.

Se sentía como si estuviera flotando, y no precisamente por el fantástico vestido y los fabulosos zapatos, sino por el hombre a cuyo brazo iba agarrada. A su lado, él caminaba con seguridad y firmeza.

Una vez dentro del ascensor, apretó los labios en un intento de controlar el embriagador efecto que estaba provocando en ella. ¿Prolongaría Kazim esa encantadora ofensiva durante la cena? Esperaba que no porque cada mirada que le lanzaba estaba desmoronando su muro protector. Ya le había hecho daño una vez y podía volver a hacerlo. Fuera cual fuera la razón para volver a Barazbin, jamás podía dejarle saber lo que sentía por él.

Con eso en mente, alzó la cabeza al salir del ascensor. De camino al comedor sintió como si todo el mundo se estuviera deteniendo a mirarlos y vio que, sin duda, él era consciente de las reacciones que despertaba su presencia.

Cuando entraron en el comedor, se hizo el silencio; pareció durar una eternidad aunque en realidad debieron de pasar solo segundos hasta que el maître se acercó para acompañarlos a su mesa.

La mesa, alejada del resto de comensales, estaba adornada con velas, una rosa roja y montada para dos. Resultaba hermosamente romántica, pero era una mesa para enamorados.

—Creía que habías quedado con alguien –le dijo sin poder apenas respirar.

—He cambiado de planes.

Kazim le indicó al maître que se retirara y le apartó la silla a Amber con una seductora sonrisa.

—¿Por qué? –preguntó Amber sintiéndolo tras ella.

Él apoyó las manos en sus hombros y acercó la cara a la suya.

—Ya es hora de que nos conozcamos... como es debido.

—Pero... –comenzó a decir ella antes de sentirse demasiado aturdida tanto por su cercanía como por el significado de esas palabras.

—Eres mi esposa, Amber, y mañana estaremos en presencia de gente importante para mí. ¿No crees que resultaría extraño que no supiéramos nada el uno del otro?

Por su provocadora sonrisa supo que no estaba hablando del todo en serio. No quería conocerla de verdad, simplemente era una estratagema para disimular ante los demasiado curiosos.

–Seré tu esposa en público –le respondió ella con una sonrisa y con un tono tan bajo que él tuvo que inclinarse hacia delante para oírla–. Pero no cuando estemos solos.

Capítulo 5

DE VUELTA a la suite, Kazim había ido sopesando las palabras de Amber. ¿De verdad se estaba negando a ser su esposa en todos los aspectos? Su intención había sido conocerla mejor, pero, en lugar de eso, ella se había vuelto más distante, más inaccesible. ¿Lo estaba desafiando? ¿O lo estaba alejando?

—Esta noche estás preciosa —le dijo al cerrar la puerta—. Pareces una princesa.

Algo impactado, tuvo que admitir para sí que no quería que se alejara, aunque tal vez fuera lo mejor. Porque ahora mismo él quería más, mucho más. Su instinto le decía que hacer el amor con ella sería muy distinto a hacerlo con cualquier otra mujer. Y no simplemente porque fuera su esposa, sino por el modo en que la deseaba, no solo con pasión, sino con algo mucho más profundo, algo desconocido y nuevo para él.

¿Pero y si el carácter que había heredado de su padre salía a relucir como en la noche de bodas? ¿Y si de puertas para dentro se convertía en el abusador que su madre había tenido que soportar? Odiaba parecerse a su padre físicamente y no podía correr el riesgo de ser como él también en otros aspectos.

Amber se giró y lo miró; se encontraban separados solo unos pasos y, aun así, la distancia le resultaba tan infinita como las dunas de un desierto.

—Me he sentido como una princesa —respondió ella apenas con un susurro.

Ver su rostro de inquietud, verla tan vulnerable, hizo que se le encogiera el pecho.

Se acercó sin dejar de observarla. Respiró hondo, intentando no perder el control de su cuerpo. Quería besarle los labios, la cara, el cuerpo. Quería reclamarla como suya y era eso precisamente lo que lo contenía.

Ya había sido demasiado duro con ella. No tenía derecho a reclamarle ni siquiera un beso.

—Eres una princesa —dijo categóricamente—. ¿Por qué aceptaste un trabajo en ese club parisino, Amber?

A pesar de palidecer, ella permaneció fuerte ante él, claramente indignada.

—Ya te lo he dicho, Kazim... nadie sabía quién era, ni siquiera Annie.

Pero Kazim necesitaba saber más y estaba dispuesto a obtener respuestas. Había sido más que generoso con ella. ¿Por qué había tenido la necesidad de trabajar en un lugar así y vivir en ese espantoso piso?

—¿Pero por qué allí? —le preguntó con recelo y recordando de nuevo aquel rumor sobre su época en el internado inglés. Su comportamiento en la noche de bodas ya había demostrado que ese lugar la había pervertido.

—Cuando no estás preparado para usar tu propia identidad, es complicado conseguir un empleo, Kazim. Acepté lo que pude y doy gracias a las mujeres del hostal por hablarme de ese empleo —contestó con gesto desafiante antes de esbozar una altanera sonrisa y apartarse de él.

Hipnotizado, Kazim observó el seductor contoneo de sus caderas mientras ella se dirigía al dormitorio. Era como si de nuevo lo estuviera provocando y despistando con su cuerpo, tal como había hecho en la noche de bodas.

De pronto, una palabra le asaltó la mente. «Hostal».

–¿Qué hostal, Amber? –le estaba ocultando cosas, atormentándolo, y eso no le gustaba lo más mínimo–. Creo que será mejor que me cuentes exactamente qué has hecho desde que te marchaste de Barazbin... y con quién –las dudas que lo habían invadido la noche de bodas resurgieron de nuevo.

Ella suspiró, resignada.

–Por un tiempo viví en un hostal de París. No tenía ayuda de nadie y no tenía ningún sitio dónde vivir, así que fue lo que tuve que hacer –había salido del dormitorio y se había situado frente a él–. Algunas de las chicas que vivían allí me dijeron que en el club encontraría trabajo fácilmente. No tenía ni idea de qué clase de lugar era.

–Pero aun así aceptaste el trabajo.

–Necesitaba dinero. Además, allí conocí a Annie, que me ofreció un lugar para vivir –lo miró a los ojos y él tuvo que tragar saliva porque el sentimiento de culpa que lo embargó amenazó con ahogarlo.

–Entonces, ¿Annie te ofreció un lugar para vivir?

Tenía que insistir, necesitaba saberlo todo. No se podía permitir despertarse una mañana y encontrarse la historia de Amber ocupando la primera plana de un periódico. No ahora, que estaban a punto de volver a Barazbin.

–Ella estaba cuidando de Claude y trabajando mucho, lo estaba pasando mal. Y como nos llevábamos bien, me pareció que tenía sentido vivir con ellos. Ninguna teníamos a nadie; sus padres habían vuelto a Inglaterra y no querían saber nada de ella –lo miró con inocencia y su explicación le resultó de lo más convincente.

Se sentía culpable. Si no hubiera estado tan sumido en sus problemas, se habría dado cuenta de que enviarla fuera no les ayudaría a ninguno de los dos. Se había decidido tanto a no parecerse a su padre que... Se pasó los dedos por el pelo sabiendo que al final había resultado ser mucho peor que él.

Agarró la mano de Amber.

—Jamás debería haberte apartado. Tenía un deber como marido y fallé.

—Y ahora me estás obligando a volver, chantajeándome y utilizando a un niño inocente.

—No te estoy chantajeando, Amber. Es solo un trato, un trato del que ambos sacaremos lo que queremos. Creía que eso ya lo habíamos aclarado.

La vio morderse el labio, indecisa, la viva imagen de la inocencia. Se preguntó si lo que había oído justo antes de casarse sería cierto o simplemente rumores de palacio maliciosos provocados por el hecho de que por sus venas corriera sangre inglesa.

—Cuéntame qué pasó cuando estuviste en Inglaterra en el internado.

—No hay nada que contar —respondió ella pálida, pero con la cabeza bien alta y mirándolo a los ojos—. No, cuando ya me has condenado.

Cada palabra lo alcanzó de lleno en el pecho.

—Entonces, ¿no es cierto? —se acercó más, lamentando haber hecho caso de las habladurías.

—No. Es cierto que estaba en la habitación del hotel, pero no para verme con un hombre, sino para salvar la reputación de una amiga. Era ella la que iba a reunirse con su amante, no yo.

—¿Y ya está? —esas palabras no se acercaban ni por

asomo a los datos escandalosos que se habían propagado por el palacio horas antes de la boda.

–Una amiga estaba saliendo con un hombre casado y se veían con frecuencia –Amber se detuvo para mirarlo y él se mostró impasible esperando que su silencio la animara a continuar–. Un día su amante le pidió que llevara a una amiga para salir todos juntos.

–Y tú fuiste como su amiga –todo empezaba a tener sentido.

Ella tragó saliva, bajó la mirada brevemente y volvió a mirarlo.

–Resultó que el hombre era un periodista en busca de historias escandalosas. No lo sabía y le conté cosas que no debía. Mi amiga y yo volvimos al colegio del mismo modo que habíamos salido, por una ventana trasera. Al día siguiente recibí la carta.

–¿Cómo te ocupaste del asunto? –él no recordaba haber leído nada en los periódicos y, sin duda, sus consejeros se lo habrían mencionado durante las negociaciones del matrimonio.

–Mi madre puede ser formidable cuando hace falta.

Amber esbozó una pequeña sonrisa y a él le conmovió que hubiera compartido ese detalle con ella. Ojalá no hubiera oído el rumor el día de la boda. Solo de pensarlo se le aceleró el pulso.

–Entonces te creo –se acercó más; no estaba seguro del todo de creerla inocente, pero ahora mismo quería hacerlo y necesitaba que ella confiara en él. Necesitaba que el mundo viera a una pareja unida y feliz.

Amber miró a Kazim a los ojos, con ese tono oscuro cada vez más profundo, y se le encogió el estómago.

–¿Qué quieres exactamente, Kazim? –le susurró.

–¿Que qué quiero? ¿Ahora mismo? –se acercó–. A ti.

Ella bajó la cara porque no confiaba en sí misma. Seguro que había malinterpretado la pasión que veía en su mirada. Por lo que Kazim le había dicho de los rumores, debía de haber pensado que en su noche de bodas no era virgen. ¿Habría sido ese el motivo por el que la había rechazado tan duramente?

¿Debería decirle que los únicos labios que la habían tocado desde su noche de bodas habían sido los suyos?

–Pues en nuestra noche de bodas no me querías –intentó pasar por delante, pero él le agarró el brazo y no le dejó más opción que mirarlo a la cara.

–No quería casarme. El matrimonio era un deber para mí y lo veía únicamente como eso –le dijo con voz calmada–. No eras lo que me esperaba. Estaba furioso... contigo y con mi destino.

Ella lo miró, todo el dolor que había sentido aquella noche ahora la ahogaba. Respiró hondo.

–Cometí un error, Kazim, fue un momento de locura y por eso me castigaste, me echaste, y nos humillaste públicamente a mi familia y a mí. Mi padre aún no me ha perdonado por ello.

–Nada de eso importa ahora –dijo él apartándole el pelo de la cara con un gesto tan lleno de ternura que ella se quedó sin aliento. ¿De verdad podía creerlo? Su corazón quería hacerlo, pero una voz dentro de la cabeza le gritaba que tuviera cuidado.

Posó la mano sobre la de él para detener la caricia y solo ese roce bastó para encender su cuerpo. Si no se apartaba, se vería engullida por ese calor y querría más. Pero querer más de un hombre que la había rechazado era una locura.

–A mí sí me importa, Kazim –se echó atrás y la mano de Kazim cayó sobre su hombro, impidiéndole apartarse más–. No puedo volver a Barazbin. No puedo ser ni tu esposa ni tu princesa, no cuando aquella noche siempre seguirá ahí, siempre hará que me mires con desprecio.

–No quiero que las cosas sean así, Amber –había emoción en cada una de esas palabras–. La verdad es que te deseo.

El corazón le dio un vuelco. La deseaba. Era como si él estuviera demoliendo fragmento a fragmento el muro de protección que había levantado a su alrededor.

Sacudió la cabeza y se apartó, se alejó de la tentación de su caricia, de su sonrisa y de su beso. Ella también lo deseaba, tanto que podría echarse a sus brazos y suplicarle que la hiciera suya, pero eso mismo era lo que había provocado todo el dolor que llevaba padeciendo casi un año.

En esa ocasión sería fuerte, resistiría las ganas de ser suya, de permitir que sus besos y sus caricias la obligaran a rendirse. En esa ocasión se comportaría como la chica inocente que era.

–No, Kazim –respondió con firmeza–. Necesito saber que has mantenido tu parte del trato.

Él se aflojó la corbata y se desabrochó el botón de la camisa revelando una piel color aceituna salpicada por un fino vello. Amber sabía que no debía mirar, pero no se pudo resistir y, cuando lo miró a la cara, vio una sonrisa de satisfacción.

–No estoy seguro de que estés en posición de exigir condiciones, Amber.

Ella soltó una suave carcajada.

–Fuiste tú el que viniste a buscarme, Kazim, así

que eso te convierte en la persona que no debería estar exigiendo condiciones.

–¿No eres tú la que pide que te asegure que conseguirás lo que quieres?

Kazim se acercó más y ella retrocedió topándose con el sofá y sin más opción que sentarse.

Incapaz de apartar los ojos, Amber lo vio quitarse la chaqueta y soltarla en una silla antes de sentarse a su lado con el brazo extendido sobre el respaldo, por detrás de su cabeza. Estaba insoportablemente cerca. Tan cerca que podía oler su perfume, su aroma a pura masculinidad.

Él se acercó aún más y ella supo que quería besarla. Lo miró a los ojos y supo que estaba perdida.

Él le acarició la cara, la mejilla, y le colocó un mechón de pelo detrás de la oreja. La calidez del roce de sus dedos la derritió. «¿Tan malo es desear que tu marido te bese?».

No. No lo podía permitir. Pero, como si ese pensamiento hubiera incitado a Kazim, él la besó, suavemente. Amber intentó resistirse, intentó apartarse, pero él posó la mano detrás de su cabeza haciendo que sus labios quedaran apoyados firmemente contra los suyos.

–Kazim... –plantó las manos contra su torso, impactada por la dureza que sintió bajo las palmas y por el modo en que le golpeteaba el corazón–. Por favor, no puedo. Aún no.

Cuando él se recostó contra el sofá, ella dejó escapar un suspiro de alivio. La ternura que había visto en sus ojos hacía un momento ahora estaba sustituida por pura dureza.

–En ese caso, te dejo. Tengo cosas que preparar para las reuniones de mañana –se levantó y su figura pareció alzarse sobre ella como una torre, enfatizando el poder que poseía–. Tienes que estar lista a las diez.

–No –contestó Amber levantándose–. Tengo que saber qué pasa con Annie y Claude. No iré a ningún sitio contigo hasta saberlo.

–¿Ahora quién está usando el chantaje? –le preguntó él sonriendo.

Estaba tan seguro de sí mismo que a ella le entraron ganas de gritar.

–Simplemente estoy respondiendo ante tu chantaje, Kazim.

–El niño de tu amiga tendrá todo lo que necesite. Ya me he ocupado de todo, exactamente como te dije.

–No lo apruebas, ¿verdad? Una bailarina de un club, que además es madre soltera, no debería relacionarse con una princesa, ¿es eso?

–Eso lo estás diciendo tú, Amber, no yo. Pero es verdad –su voz sonó tan fría que era imposible pensar que fuera el mismo hombre que hacía unos minutos había desatado un infierno en su interior.

–No iré a ninguna parte hasta que cumplas tu parte del trato –le dijo con indignación y sonando casi petulante.

Él se detuvo tan cerca que casi pudo sentir su aliento y, por un momento, le hizo pensar que la iba a volver a besar.

–Todo lo que he dicho esta noche lo he dicho en serio.

Bien, al menos iba a cumplir su parte del trato, aunque eso significaba que ella tendría que cumplir la suya. Estaba atrapada, se veía forzada a hacer lo que él quería, y no podía hacer nada por evitarlo; no, si quería que Claude recibiera el tratamiento que necesitaba.

Kazim se la quedó mirando, irradiando autoridad por cada poro de su magnífico cuerpo. Ella no dijo nada, pero mantenerse bajo su glacial mirada resultó tan difícil como rechazar sus besos.

Como si sintiera su inquietud, como si sintiera que Amber necesitaba espacio, Kazim se dio la vuelta y entró en el dormitorio principal sin mirar atrás. Ella cerró los ojos aliviada, agradecida por haber dejado sus cosas en el otro dormitorio. Al menos esa noche dormiría sola.

Kazim cerró la puerta y se pasó la mano por el pelo. El deseo aún retumbaba por su cuerpo suplicando una salida. La primera vez que habían pasado una noche juntos ella se había abalanzado sobre él y ahora lo estaba apartando. Sin embargo, en el fondo sabía que lo deseaba tanto como él a ella. Lo había visto en sus ojos.

Pasara lo que pasara entre los dos, ahí estaba esa crepitante atracción y estaba decidido a explorarla.

Era su esposa y estaba dispuesto a reclamarla... en todos los sentidos.

Capítulo 6

EL SOL resplandecía mientras observaba a los caballos correr por el campo. Con su nuevo vestido de seda se sentía tan sofisticada y elegante como el resto de las mujeres allí presentes. Era consciente del interés que despertaba la presencia de Kazim y de las miradas curiosas dirigidas hacia ella.

Se puso las gafas de sol, que le ofrecían un lugar donde ocultarse, y fingió interés en el partido; lo que fuera con tal de intentar evitar la tensión que parecía cortar el aire cada vez que Kazim hablaba con alguien. Su cuerpo estaba reaccionando intensamente ante su presencia después de lo sucedido la noche anterior.

Estar cerca de él estaba siendo más duro de lo que había imaginado. Seguía amándolo, pero ¿era bueno para ella desear algo tan imposible? Le dolía que hubiera ido a buscarla únicamente por necesidad y, además, le había dejado claro que no había ido hasta Europa únicamente por ella.

–¿No estás disfrutando del partido de polo? –la voz de Kazim la sobresaltó y ella lo miró ruborizada.

–Estaba pensando en Annie. Me preocupa que piense que la noticia del tratamiento de Claude es un engaño; después de todo, no sabe quién eres.

Kazim se sirvió dos copas de champán de la bandeja de un camarero y las dejó en la mesa antes de sentarse frente a ella. Extendió sus largas piernas demasiado cerca de las suyas.

—Tienes razón. Annie no tenía ni idea de quién soy, ni de quién eres tú, en realidad –dijo con firmeza–. Pero todo eso ya está solucionado.

—¿Ah, sí? –le preguntó Amber tomando su copa en un intento de aparentar calma. ¿Cómo se habría tomado Annie la noticia? Conociéndola, no habría aceptado la explicación de Kazim sin someterlo primero al tercer grado. Sonrió para sí preguntándose cómo se lo habría tomado él. Tal vez al menos debería haberle explicado quién era Kazim en la nota que le había dejado–. ¿Pero le has hablado del tratamiento de Claude?

—Se lo he contado, exactamente como te prometí –respondió mirando el partido–. Hasim, mi primo, el hombre en quien más confío, los acompañará a Estados Unidos. Se marchan hoy.

—¿Tan pronto?

—Cuando deseo algo, hago lo necesario para que suceda.

La indirecta no pasó desapercibida. La noche anterior ya le había dicho que la deseaba, ¿era esa su forma de hacer que sucediera lo que quería?

Amber observó cómo daba un trago de champán; le encantaba cómo resplandecía el sol sobre su cabello color ónix. En realidad, le encantaba prácticamente todo de ese hombre. A pesar de lo que había sucedido, le había encantado desde el día que lo había conocido, desde el día en que sus padres le habían comunicado que estaban comprometidos. Pero eso no se lo podía dejar saber; no podía exponerse a otro rechazo. Por experiencia, ya sabía que, cuando Kazim se lo proponía, podía resultar tan letalmente encantador como brutal y sincero.

–Gracias –le respondió mirando el partido porque no quería que él viera su expresión de confusión, aunque la confusión no llegaba a reflejar el tumulto de emociones que la embargaba.

–Yo siempre cumplo mis promesas –dijo él acercándose y hablándole al oído.

Amber se giró rápidamente y, a pesar de llevar gafas de sol, supo sin duda que él podría ver perfectamente la cantidad de emociones que se precipitaban en su interior porque ella pudo ver eso mismo reflejado en sus ojos.

–Muy encomiable –le contestó intentando sonar animada. Tenía que poner distancias, si no físicas, al menos sí emocionales.

Él se inclinó hacia delante y, sin dejar de mirarla, dejó su copa vacía sobre la mesa. La tensión sexual que se desencadenó entre ellos parecía estar a punto de estallar.

–Termínate el champán –dijo con tono seductor.

Ella se quedó sin aliento y se relamió los labios, que se le habían quedado secos por la intensidad del deseo que había visto en sus ojos. De pronto le parecía como si ni nada ni nadie existiese. Solo estaban ellos dos.

Vacilante, dio otro trago; las burbujas chispearon en su boca y él observó cada diminuto movimiento de sus labios.

Al dar el siguiente trago, un intenso calor la envolvió, como si Kazim la hubiera rodeado con sus fuertes brazos, y al instante, con un movimiento lento y controlado, él se inclinó y le rozó los labios con los suyos, como queriendo saborear el champán que aún quedaba en ellos.

Cuando se apartó, ella no pudo hablar. No quería decir nada que pudiera estropear el momento porque ahora mismo se sentía deseada por el hombre que amaba.

Lentamente, él le quitó la copa de champán de la mano y, sin apartar los ojos de los suyos, la dejó en la mesa.

−Ven.

A Amber no se le escapó la subyacente sensualidad en esa única palabra.

Él le agarró la mano, infundiéndole más calor todavía, y se levantó sin dejarle más opción que agarrar el bolso y el teléfono y seguirlo.

Notó las cabezas que se giraron a su paso cuando abandonaron el partido, pero no le importó. Él le agarraba la mano con fuerza como si temiera que fuera a darse la vuelta y salir corriendo en cualquier momento. Desconocía adónde iban, aunque el instinto le decía que en el fondo sí lo sabía.

Una vez dentro del hotel y mientras subían la escalera que conducía a las suites palaciegas de la primera planta, Amber sintió que no podía respirar. Sus cuerpos se estaban comunicando a través de ondas de seducción.

Al llegar a la puerta de la suite, él se detuvo y la miró con unos ojos tan cargados de deseo que a ella se le cortó la respiración. Abrió la puerta y le agarró la mano, aunque no habría hecho falta porque ella sabía que lo habría seguido de todos modos; estaba completamente bajo el hechizo de la atracción que los envolvía a los dos.

−¿A qué ha venido ese numerito? −preguntó Amber cuando logró hablar por fin.

Mostrar indignación era la mejor forma de defensa contra lo que estaba sucediendo, la única esperanza de no perder la cordura. Cuando él se giró para mirarla, ella alzó la barbilla desafiante.

–Creo que ya lo sabes.

Kazim cruzó la habitación y, antes de que Amber pudiera decir o hacer nada, la levantó en brazos y se dirigió al dormitorio.

La deseaba. La pasión bullía desenfrenadamente entre los dos y a ella ya no le importaba lo que hubiera sucedido en el pasado o lo que pudiera suceder en el futuro. Lo único que le importaba era ese momento.

Él le colocó la cabeza sobre la cama con delicadeza, como si fuera lo más valioso y preciado en su vida. Después, se quitó la chaqueta y la soltó con impaciencia antes de tenderse sobre su cuerpo. Instintivamente, ella lo rodeó con sus brazos para acercarlo más a sí y fue recompensada por un profundo gemido mientras Kazim la besaba.

Era como si llevara toda la vida esperando ese momento. Y en realidad, así era. Estaba segura de que esa vez sucedería. Era lo que quería. Quería ser suya por completo.

Kazim deslizó una mano sobre su cadera y ella se movió bajo su caricia, cediendo ante un instinto que la devoró mientras lo animaba a tomar más, a hacerla suya.

Él la besaba cada vez con más intensidad y ella saboreó la calidez de su piel a través de la camisa. Estaba siendo un momento de desenfreno, absolutamente salvaje.

Era tal como lo había soñado siempre. Esa pasión, ese deseo eran lo que quería y, a juzgar por su respuesta, era también lo que quería Kazim.

De pronto, él se apartó y alzó la cabeza para mirarla con unos ojos cargados de deseo. Ella, sin poderlo evitar, deslizó las manos por sus brazos, saboreando la fuerza y el poder de sus músculos.

Todo su cuerpo se estremecía de deseo por él. Era lo que quería, aunque al mismo tiempo sabía que solo le causaría más problemas, más dolor.

Kazim intentó refrenar el torbellino de emociones que se arremolinaba alrededor de su cuerpo. Ninguna mujer lo había vuelto tan loco de deseo. Pero claro, ¡ninguna mujer lo había hecho esperar tanto!

—Si no quieres hacerlo... —le dijo y vio su hermoso rostro atravesado por una expresión de estupefacción—, te sugiero que lo digas ahora.

Amber se movió bajo su cuerpo haciendo presión contra su erección y él apretó la mandíbula aferrándose al poco control que le quedaba. Lo estaba debilitando, y cuando deslizó las manos por sus brazos, ya apenas pudo soportarlo.

Lentamente, Amber alargó la mano hacia su rostro para acariciarle una mejilla y Kazim no supo si era ella la que estaba temblando o si era él el que temblaba por el esfuerzo de controlarse.

—Quiero hacerlo, Kazim —le susurró—. Te deseo.

En ese momento ignoró las dudas que lo habían llevado a rechazarla la noche de bodas. Ahora no podía pensar en ello porque tenía que saciar el palpitante deseo que le recorría el cuerpo.

La deseaba. Completamente.

La miró a la cara y la vio ruborizarse cuando deslizó la mano por su pierna hasta llegar al dobladillo de su vestido. Despacio, coló la mano bajo la seda. Esos suaves ojos oscuros se oscurecieron y ella comenzó a respirar entrecortadamente. La observó con fascinación y vio sus labios separarse dejando escapar un suave suspiro.

–Kazim... –le suplicó Amber mirándolo fijamente a los ojos y hundiendo los dedos en sus brazos.

Solo oír su nombre en sus labios hizo que le resultara imposible pensar en otra cosa que no fuera hacerla suya. Tocó el encaje de su ropa interior a la altura de las caderas y tiró con fuerza, reconfortado por el satisfactorio sonido de la tela al rasgarse. Se incorporó apoyándose en un brazo y, rápidamente, se liberó de su ropa, aunque no de toda. Estaba demasiado impaciente como para quitársela toda. La deseaba ya.

Como para animarlo, ella separó las piernas y él le levantó el vestido sin dejar de mirarla a la cara.

Por un instante, Kazim se preguntó si debería ir más despacio, pero cuando ella se movió contra él, suspirando suavemente y atormentándolo con el calor de su cuerpo, supo que no podía hacerlo.

–Kazim...

Amber suspiró y ese susurro lo excitó aún más. ¿Debería usar protección? No, era su esposa y necesitaba un heredero. Si ese momento juntos producía ese resultado, no supondría ningún dilema.

–Kazim... –repitió ella con la voz cargada de placer.

Lo único que quería Kazim era hundirse en su interior, sentir su calor envolviéndolo. Ella lo rodeó con las piernas moviéndose de modo tentador contra su cuerpo y él, al sentir su humedad, ya no pudo contenerse más. Con un veloz movimiento entró en ella y la sensación que le produjo lo hizo gemir.

–¡Kazim! –sus gritos de placer se entremezclaron y ella alzó las caderas para tomarlo más adentro.

Él se sintió como si todas las estrellas de la noche del desierto hubieran estallado a su alrededor. Y a medida que su ritmo cardiaco se relajaba, recobró la capacidad de pensar y se sintió triunfante. ¡Era suya! Por otro lado, eso implicaba que, efectivamente, había llegado virgen a la noche de bodas y que los rumores no habían sido más que chismes maliciosos. Pero ahora ya sería suya para siempre, pasara lo que pasara.

Sin embargo, ese pensamiento de pronto lo hizo sentir incómodo. ¿No lo convertía eso en un hombre tan dominante como su padre?

Amber respiraba entrecortadamente y le temblaba el cuerpo por la electrizante pasión que los había consumido. Miró a Kazim y sintió como si el tiempo hubiera retrocedido, como si, una vez más, estuviera siendo objeto de su escrutinio. Cerró los ojos en un intento de olvidar el dolor de aquella noche y giró la cabeza sobre la almohada.

No podía volver a hacerlo. No podía aceptar su rechazo. No, después de lo que acababa de pasar.

–No debería haber sido así –dijo él girándole la cara.

¿Y cómo debería haber sido?, se preguntó mientras él rozaba los labios contra los suyos.

–Ha sido tu primera vez. Debería haber sido más delicado contigo, debería haberme controlado más.

–No importa –susurró ella. Aún podía sentir la calidez de su cuerpo contra ella, una calidez que estaba removiendo nuevos deseos.

–Sí que importa –Kazim retiró la mano de su cara y salió de la cama en dirección al cuarto de baño–. Te mereces algo mejor que esto.

Ella escuchaba el agua de la ducha caer mientras se preguntaba qué debería hacer ahora. Aquello estaba siendo casi una réplica exacta de la noche de bodas, con la diferencia de que esta vez habían hecho el amor. Aquella noche él también se había metido en el baño, incapaz de ocultar su furia al descubrir que su esposa no era una virgen inocente. Sus actos le habían transmitido el mensaje equivocado y le habían hecho pensar lo peor de ella.

No había dicho nada, no se había defendido ni había explicado por qué lo había hecho, por qué había intentado ser algo que no era.

Sintiéndose expuesta de pronto, se bajó el vestido y se sentó en la cama. No sabía ni qué hacer ni con qué humor saldría su esposo de la ducha.

La asaltaron imágenes de su piel oliva bajo los chorros de agua. Cerró los ojos. Lo deseaba con una pasión que jamás se podría extinguir, pero él no sentía lo mismo por ella. Para él, lo que habían compartido era simplemente un deber, igual que la celebración de su matrimonio.

Con él, todo se reducía al deber.

Sí, ella se había casado por amor, un amor fruto de sueños de adolescencia tras el anuncio de su compromiso y matrimonio concertado, aunque siempre había sido consciente de que el indomable y mujeriego príncipe se tomaba muy en serio sus obligaciones.

Bajó la mirada y vio su ropa interior rasgada y tirada por el suelo. Le ardieron las mejillas al recordar cuánto se había desenfrenado. Prácticamente le había suplicado. Se estremeció por dentro de la vergüenza. Lo único que quería era quitarse ese vestido y enfundarse unos vaqueros y una camiseta porque así se sentiría a salvo, capaz de ocultarse una vez más tras su muro protector.

Se le aceleró el corazón al pensar lo que podría haber resultado de ese encuentro si no hubiera estado tomando la píldora, por razones médicas más que como método anticonceptivo. La idea de tener un hijo cuyos padres no se amaban era demasiado dura. Sabía muy bien cómo se sentiría un niño así porque ella también había crecido junto a unos padres que ni le habían mostrado amor a ella ni tampoco se lo habían mostrado mutuamente.

Se desabrochó los botones del vestido, se descalzó y abrió un cajón para sacar unas braguitas. No hacían juego con el sujetador, pero ahora mismo esa era la última de sus preocupaciones. Tenía que vestirse rápidamente. Ya no oía el agua de la ducha.

–Preciosa –la voz de Kazim hizo que se le pusiera la piel de gallina justo cuando estaba sacando unos vaqueros del cajón. Se los puso contra el cuerpo y se giró lentamente.

Lo tenía ante ella, cubierto únicamente por una toalla alrededor de las caderas. Una toalla muy pequeña. El sol de la tarde hacía resplandecer su piel húmeda.

Kazim se acercó a ella y le quitó los vaqueros de la mano. Se echó los brazos por delante para cubrirse. No le permitiría ver lo incómoda que se sentía ahí delante de él en ropa interior.

Podía oler el perfume de su cuerpo recién duchado, pero nada podía enmascarar el embriagador aroma de su pura masculinidad. Lo miró a los ojos. Le resultaría muy fácil contemplar su glorioso cuerpo desnudo, pero no se atrevía. No se fiaba de sí misma.

–Esta vez será como debería haber sido en nuestra noche de bodas.

Ella se mordió el labio inferior, deseando poder apartar la mirada de sus ojos aunque sin querer hacerlo al mismo tiempo. Él le apartó el pelo de la cara y después, con delicadeza, le agarró la cabeza y la besó. El beso fue suave y persuasivo y la atormentó hasta que no tuvo más opción que responder.

Kazim deslizó la lengua entre sus labios y ella suspiró de placer mientras su cuerpo se derretía y se mecía hacia el de él. Ese beso era lo más erótico que había conocido en su vida, hacía que pudiera sentir el calor de su cuerpo a pesar de que ni siquiera se estaban tocando.

Incapaz de contenerse, deslizó los dedos por sus bíceps, sus hombros y su espalda.

—Desde el primer momento en que te vi, me has vuelto loco.

Su seductora voz hizo que a Amber la recorriera un cosquilleo por la espalda. Él la besó y la llevó contra su cuerpo casi desnudo.

El vello ligeramente áspero de su pecho le produjo uno cosquilleo en los pechos a pesar del encaje blanco que los cubría. La firmeza de su excitación hizo que la envolviera un remolino de escalofríos y echó la cabeza atrás con un suspiro de puro placer.

—Y ahora yo voy a volverte loca a ti —bramó mientras le besaba el cuello.

«Ya lo has hecho». Esas palabras flotaron como un sueño en su cabeza y de ahí nació un brote de esperanza. La deseaba. ¿Podrían tener un futuro juntos? ¿Tan mal estaba que se entregara a un momento de placer con el hombre al que amaba y que siempre amaría?

Se le escapó otro gemido de placer cuando él le desabrochó el sujetador y la despojó de la prenda sin apartar la mirada de sus pechos desnudos, que ansiaban sus caricias.

Kazim agachó la cabeza y tomó uno en su boca.

Mientras lo acariciaba con la lengua, ella hundió los dedos en su sedoso cabello y cerró los ojos. Él deslizó las manos hasta la parte baja de su espalda dejando a su paso una estela de fuego sobre su piel.

–Kazim... –susurró pensando que no podría mantenerse en pie mucho tiempo más.

Él soltó el pezón, pero antes de que ella pudiera moverse o decir algo, ya estaba reclamando el otro.

Ya no podía soportarlo. Cada caricia la estaba sumiendo en una entrega absoluta.

Kazim la sujetó con firmeza y reclamó sus labios una vez más con un beso implacable. Amber cerró los ojos y lo besó.

Él se movió contra ella obligándola a retroceder hasta que Amber sintió la cama y cayó sobre ella, arrastrándolo a él también. Kazim siguió besándola mientras le recorría el cuerpo con las manos. Se levantó de la cama un instante para, con un breve movimiento, bajarle la ropa interior y deshacerse de ella.

Amber se incorporó apoyándose en los codos y se sintió extrañamente cómoda con su desnudez. Los ojos negros de Kazim, clavados en ella, parecían estar derritiéndose de deseo. La energía que fluía entre los dos era intensa y potente. Él esbozó una pícara sonrisa al quitarse la toalla que llevaba a la cadera y tirarla, quedando totalmente expuesto ante su entusiasta mirada.

Era magnífico y su cuerpo bronceado, una obra de arte. La perfección total. Fue fijándose en cada detalle, desde una cicatriz en el lado izquierdo del pecho hasta la provocadora hilera de vello oscuro que descendía por su abdomen hacia su erección.

Antes de poder pensar o decir nada, él había vuelto a la cama. El calor de su cuerpo la abrasaba, y ella se giró deseando sus besos, necesitando sus caricias.

Tocó la cicatriz.

—¿Qué te pasó?

—Mi padre... perdió los estribos con mi madre —su expresión se endureció y a ella se le partió el corazón—. Intenté protegerla. Pero ahora no es momento de hablar de eso.

—Lo siento —respondió Amber permitiéndose acariciar la cicatriz una vez más.

Él deslizó los dedos por sus labios para acallar su compasión, y después la siguió acariciando, por la cara, el cuello y uno de sus tersos pezones. La estaba distrayendo y Amber no lo pudo evitar, se dejó llevar por el placer, gimiendo.

Kazim soltó una suave y sexy carcajada que hizo que se le acelerara el corazón.

—Qué cuerpo tan bello —le dijo besándola con delicadeza—. Y eres toda mía.

—Hazme tuya otra vez —le susurró Amber contra sus labios.

Sabía que, pasara lo que pasara, siempre sería suya, que siempre lo amaría, y ahora mismo quería saborear ese sueño de amor y felicidad que existía solo en su interior.

Él seguía torturándola deliciosamente con sus dedos, trazando círculos sobre su abdomen un momento antes de deslizarse entre sus piernas hasta el centro de su palpitante deseo. Apenas la había tocado cuando la primera oleada de éxtasis la inundó. Amber se movía contra sus caricias dejándose arrastrar por esas olas de placer.

Él se dejó arrastrar también y, lentamente, se hundió en su interior.

—Amber... —su voz le requería atención, pero ella seguía flotando por sus caricias y por sentirlo dentro de su cuerpo—. Mírame..

Amber abrió los ojos y vio deseo en su rostro y su mirada. Kazim volvía a llevarla a un lugar que acababa de descubrir. Sus miradas se engancharon cuando ella alzó las caderas moviéndose con él, aumentando el placer del momento.

Kazim ahora se movía más rápido y con más fuerza, llevándola de nuevo a la cima del éxtasis mientras sus gritos de placer se entremezclaban entre sí.

Después, Amber se dejó caer contra la almohada y le acarició la espalda distraídamente a la espera de que su ritmo cardiaco se calmara. Kazim se tendió boca arriba y, cuando ella lo miró, vio abatida que su rostro volvía a estar ensombrecido por una expresión de dureza. Ese momento no había supuesto lo mismo para los dos.

Para ella había sido amor.

Para él había sido una cuestión de posesión. De obligación y deber.

Kazim se estiró en la cama. El sol de la tarde ya se había ido.

Hacía muchos meses que no se había sentido tan relajado. ¿Era ese el motivo por el que había permitido que el deseo que palpitaba entre los dos estallara de un modo tan espectacular?

La segunda vez había intentado ser delicado, pero se había dejado llevar de nuevo. Los recuerdos de aquel altercado, el momento en que había perdido el control y había pegado a su padre, habían salido a la superficie otra vez. La cicatriz de su piel no era profunda, pero emocionalmente seguía abierta.

Ella se acurrucó contra él y Kazim deseó tomarla en sus brazos de nuevo, despertarla con un beso y hacerle el amor durante el resto de la noche, pero tenía unas reuniones.

De pronto, no se sentía tan relajado. Debería haberle dejado claro por qué se requería su presencia en Barazbin exactamente. Debería haberle dicho que no solo se esperaba que ejerciera como princesa, sino también que fuera la madre de su heredero. Por otro lado, ¿no era eso para lo que se habían casado? ¿Para asegurar el futuro de Barazbin?

—¿Qué pasa?

La suave voz de Amber lo sacó de sus pensamientos y la miró, adormilada en la cama y con su hermoso cabello extendido sobre la almohada como una capa de seda.

—Solo estaba pensando en las reuniones de esta noche —no le quiso decir que solo su reconciliación ya estaba provocando efectos en las relaciones de su país con sus vecinos.

—¿Vas a dejarme... otra vez? —le preguntó ella con una seductora sonrisa.

—Sí, pero serán solo unas horas y después volveré.

Quería abrazarla, besarla y reconfortarla, pero no confiaba en su capacidad para controlarse y prefirió lanzarle la pregunta que quiso haberle hecho casi un año atrás.

—¿Aquel baile en nuestra noche de bodas? —le preguntó acariciándole la cara.

Ella cerró los ojos y él esperó.

—Cometí un error —respondió y lo miró.

—Yo también —porque se había creído todos los rumores.

—No quería que pensaras que era completamente inexperta.

—¿Por eso me hiciste aquel baile? ¿Para que no

pensara que eras virgen? –no se podía creer lo que estaba oyendo. ¿Es que no sabía que, en su cultura, al casarse, un hombre valoraba la virginidad por encima de todo lo demás?

–Mi madre me había advertido que tenías cierta reputación, que no te gustaría que fuera inexperta –respondió sonrojada.

Él maldijo, no se lo podía creer.

–Lo siento.

–Eso ya pertenece al pasado –dijo Amber entrando en el cuarto de baño. Al salir un momento después envuelta en una toalla, añadió–: Olvidémoslo y sigamos adelante. Ahora lo único que tengo que hacer es volver a Barazbin contigo. Una vez hayas solucionado las cosas con tu padre, podremos divorciarnos y recuperar nuestras vidas. Siempre que Claude haya recibido su tratamiento, claro.

–No nos podemos divorciar, Amber. Nunca.

Amber sintió como si el suelo se estuviera hundiendo bajo sus pies.

–No puede ser

Desde pequeña siempre había soñado con casarse con un guapo príncipe y ser amada. Hasta el momento, solo había conseguido la mitad del sueño.

Kazim salió de la cama sin molestarse en ocultar su desnudez y cruzó la habitación para sacar ropa limpia del armario.

–Sabías que era heredero al trono, al igual que sabías que el nuestro era un matrimonio concertado para unir dos reinos, nada más. Jamás deberíamos habernos separado, y mucho menos a solo unas horas de la ceremonia.

–Ahora tu padre está enfermo –susurró ella como entendiendo las implicaciones de la situación.

–Por eso tienes que volver a Barazbin. Soy el único heredero al trono. No nos podemos divorciar.

–Pero no me quieres.

–El amor no tiene nada que ver con esto –contestó poniéndose la camisa–. Nunca lo ha hecho y nunca lo hará.

Lo vio terminar de vestirse mientras deseaba poder quedarse sola. Necesitaba estar sola para asimilar que jamás quedaría libre del hombre que amaba... un hombre que no la amaba.

Temblando, se sentó.

–¿Lo has sabido siempre?

–Estoy cumpliendo con mi deber, Amber, igual que tú.

–¿Chantajeándome primero y seduciéndome después? ¡Si hasta me has dejado creer que solo tendría que volver allí por un tiempo!

–No tengo tiempo para discutir esto ahora –contestó él yendo hacia la puerta y mostrando su furia a cada pisada–. En cuanto vuelva nos marcharemos a Barazbin, así que asegúrate de estar preparada. Es hora de volver a casa.

Capítulo 7

AMBER se despertó en una habitación invadida por el calor del desierto y el aroma a jardín que se colaban por la ventana. Era un lugar mágico, pero desde que había llegado allí la noche anterior, se sentía inmune a su belleza.

Emocionalmente herida por lo sucedido los últimos días, solo quería acurrucarse bajo las sábanas de su impresionante cama y quedarse allí. No sabía qué hora era; el vuelo nocturno la había aturdido y confundido, tanto como el hombre que la había acompañado.

Había caído bajo su hechizo y los recuerdos de cómo habían hecho el amor aún la envolvían. Había sido una estúpida al creer que de verdad la deseaba. Kazim solo había querido consumar el matrimonio y ella se lo había puesto muy fácil metiéndose en la cama con él.

Oyó voces y se incorporó en la cama. La opulencia de la habitación la sobrecogió. Altos techos abovedados y decorados con pinturas se alzaban sobre ella y sobre las columnas de mármol intrincadamente talladas. La cama tenía dosel y un suave tul blanco que caía hasta el suelo como si la habitación se hubiera diseñado para el romance. No era la misma estancia en la que había pasado la noche de bodas.

Aturdida, oyó la voz de Kazim, inconfundible y

fuerte, y la recorrió un cosquilleo. No era justo que él ni se inmutara por su presencia mientras que a ella la invadía el deseo solo con oír su voz. No lo podía permitir porque ese deseo no hacía más que exponer su vulnerabilidad emocional.

Las puertas dobles se abrieron. Nada podría haberla preparado para ese momento. Ataviado con una túnica blanca, le arrebató el aliento y la dejó completamente sin habla. La última vez que lo había visto así había sido el día de la boda.

Se le veía totalmente relajado en el ambiente palaciego. Un salvaje príncipe del desierto domado, aunque fuera un poco, por su inquebrantable sentido del deber. Cuando la miró, la atravesó una punzada de dolor. Estaba en un país donde no quería estar, uno que se encontraba dolorosamente cerca del país de su padre, y con un hombre que solo la quería por una cuestión de deber.

—Imagino que habrás descansado —le dijo él con tono educado y una voz resonante y poderosa.

Ya que ella no podía hablar, se limitó a asentir con la cabeza.

—Bien. Tu doncella te ayudará a vestirte y después recibirás a tu primera visita.

Se detuvo junto a la cama y se la quedó mirando un momento, y entonces esa chispa que siempre se prendía en su interior volvió a la vida de nuevo. Kazim parecía salido de sus sueños más salvajes.

—Kazim...

Cuando por fin logró decir algo, el rostro de él se suavizó.

—Tengo que saber qué está pasando con Annie.

Ahora, sin embargo, la expresión de Kazim se endureció al instante.

–Me aseguraré de que estés al corriente de los progresos del niño –le respondió y, con esas secas palabras, salió de la habitación.

Ella se llevó las manos a la cara. ¿Es que ese hombre no permitía que nadie se le acercara? La invadió un intenso calor al recordar cómo la había tomado, cómo la había reclamado. La primera vez algo se había desatado en su interior permitiéndole dejar de lado la cautela y rendirse a su maestría. La segunda había sido más intensa. Para ella había sido un momento delicioso, tanto que se había permitido mostrar el amor que sentía, pero ¿tendría que pagar ahora por ello? Esperaba no haber dejado escapar palabras de amor cuando la pasión los había consumido porque el instinto le decía que un hombre como Kazim no querría oír esas palabras. Debía ocultar el amor cada vez más profundo que sentía por él. ¿Qué bien le podía hacer amar a un hombre junto al que no podía permanecer?

Más pisadas, esta vez suaves, llamaron su atención y al instante vio a una chica entrar en la habitación portando una *abaya* maravillosa. En un principio dudó si debía dejarse vestir por la joven, pero decidió aceptar su ayuda, feliz de volver a lucir unas telas tan hermosas. De adolescente había tenido un armario increíble lleno de sedas impresionantes, pero en cuanto se había marchado a Inglaterra las había sustituido por ropa occidental y ahora se sentía más cómoda con ella.

Un momento después la llevaron a otros aposentos. Una vez allí, unas elegantes puertas se abrieron y su madre entró. Era la última persona que se había esperado ver.

–No me esperaba que fueras a volver –dijo su madre sentándose elegantemente frente a ella, en el borde del asiento.

¿Qué había sido de la mujer a la que había admirado cuando era pequeña? Por primera vez se planteó que tal vez era infeliz y que las sonrisas que le dirigía a todo el mundo podían ser una máscara para ocultar esa infelicidad.

A su madre la vida le había cambiado drásticamente. Había sido la novia inglesa de un jeque, y no solo se había enamorado del hombre, sino también del desierto. Recordaba los cuentos de hadas que le contaba su abuela inglesa asegurándole que algún día ella también tendría a su propio príncipe. ¿Habría sido ese el modo de su madre para escapar? ¿Encontrar un príncipe? ¿Le había salido mal?

Contuvo las lágrimas. No podía centrarse en el pasado ahora, tenía que pensar en lo que necesitaba Barazbin para así, una vez se hubiera asegurado de que Annie y Claude estaban bien, poder alejarse de ese país y de su príncipe para siempre. No podía seguir engañándose. Ese no era su lugar.

—Eres la última persona que pensé que me daría la bienvenida. Creía que solo os había traído deshonra a la familia —quería dejarle claro a su madre cuánto le había dolido su reacción ante el matrimonio fracasado.

Su madre se levantó y le tomó las manos en una extraña muestra de afecto.

—Tienes buen aspecto. Parece que Inglaterra te ha sentado bien —le dijo con tono suave y sinceridad.

—Durante un tiempo sí, pero luego me mudé a París. Ahí es donde me encontró Kazim. Me rechazó por el escándalo del internado.

Su madre le agarró la mano con más fuerza.

–El periodista recibió dinero, y mucho. Los rumores solo habrán corrido dentro de estos muros. Nunca lo olvides, Amber. Las paredes escuchan y cuentan todos tus secretos.

Amber frunció el ceño, confundida por las palabras de su madre.

–Podría haber sido distinto. Podríamos haber sido felices al menos.

Su madre sonrió.

–Lo amas.

Ella asintió aceptando la verdad. No podía evitarlo. Amaba a Kazim.

Su madre le soltó la mano y se asomó al jardín.

–¿Madre?

La vio volver a su asiento.

–He venido por otro motivo. El príncipe Kazim, tu esposo, le envió dinero a tu padre. Un dinero que cree que tú solicitaste. Lo envió para ti, para que pudieras vivir cómodamente.

Amber intentó asimilar lo que estaba oyendo y recordó los comentarios de Kazim sobre su escasez de dinero. Miró a su madre y alzó la barbilla con gesto desafiante.

–Tu padre lo ha estado empleando con otros fines. Ha estado financiando ataques contra el pueblo de Barazbin –terminó diciendo casi con un suspiro.

–¿Por qué? –preguntó Amber acercándose a su madre.

–Está vengando tu honor, Amber. Lo ve como un castigo por el modo en que Kazim te rechazó.

–¿Qué? –todo ese tiempo había creído que su padre la había repudiado cuando, en realidad, había estado planeando su venganza–. No, no puede ser.

–¡Por favor, no digas nada! No se lo digas a tu marido. Supondría la ruina para todos y el fin de tu matrimonio.

–¿Por qué me estás contando esto si no se lo puedo decir a Kazim? –Amber quería a su madre, pero también quería a Kazim. Estaba viendo su lealtad puesta a prueba entre una familia que la había repudiado y un hombre que no la amaba.

–Porque lo quieres y porque quiero que seas feliz.

–¿Y cómo no se lo voy a decir? Guardar un único secreto ha destruido mi matrimonio.

–He de irme –dijo su madre y se levantó para marcharse, mirando a su alrededor nerviosa–. Prométeme que no se lo contarás.

–No lo sé –susurró con sinceridad–. No sé si puedo prometerte algo.

–En ese caso, pase lo que pase, recuerda que me tienes aquí –su madre le acarició el brazo brevemente y Amber sintió el extraño deseo de abrazarla, de volver a ser una niña pequeña, de sentirse a salvo y protegida. Pero ya no era esa niña.

Seguía sentada sumida en la incredulidad cuando Kazim volvió un momento después. ¿Debería contarle lo que acababa de pasar? No sabía qué hacer.

–Me alegro de que tu madre haya venido a darte la bienvenida –dijo él sentándose justo en el asiento que su madre había dejado libre.

Amber contuvo el amargo sabor de las lágrimas. No sabía qué pensar, a quién ser leal.

–Yo también –respondió y, al mirarlo y ver la cálida sonrisa que esbozó, se le cortó el aliento. Él la miraba con inconfundible deseo y ella estuvo a punto de rendirse, pero el sentido común se impuso.

–Tengo más buenas noticias –se inclinó hacia delante y ella captó aún más su embriagador perfume.

–¿Son noticias de Annie? –preguntó esperanzada y desesperada por recibir noticias de su amiga.

–Sobre eso pronto sabrás algo. Hasim está cuidando de ellos, no temas. La noticia que traigo es más importante. Esta noche se celebrará un banquete aquí en palacio para celebrar tu regreso.

–¿Un banquete?

Era lo último que se había esperado. Había esperado poder pasar desapercibida durante su estancia; no quería crearle falsas esperanzas a nadie y, menos, a sí misma.

–La voz se ha corrido muy rápido y todo el mundo está celebrando tu vuelta. Es una buena señal –le agarró la mano y el calor de su piel hizo que se le cortara la respiración–. En Barazbin eres muy querida, y no solo por el pueblo.

–¿Ah, sí? –¿por qué le estaba diciendo esas cosas? Kazim le besó la mano.

–Ahora eres mía –le dijo con un susurro y una mezcla letal de desafío y deseo en la mirada–. Verdaderamente mía.

Se trataba únicamente de una cuestión de posesión. La había reclamado como esposa con un encanto tan delicado que le había asegurado el éxito. Y por si eso fuera poco, el divorcio no entraba en los planes de Kazim, por lo que ahora se veía atrapada allí con él.

–Me quedaré únicamente hasta que Annie y Claude vuelvan de Estados Unidos –interpuso categóricamente apartando la mano. Sin embargo, él la sujetó con fuerza.

–Eso nunca ha sido parte de nuestro trato, Amber. Accediste a volver y te quedarás.

–¡No! –contestó soltándose la mano.

–¿No? Te quedarás y esta noche asistirás al banquete.

–No puedo. Estaría mal dar falsas esperanzas a la gente.

Pero, por la adusta expresión de Kazim, supo que era inútil suplicar. Vio cómo el gesto se le oscurecía profundamente y cómo se levantó recordándole que estaba por encima de ella.

–Iremos juntos al banquete. Has de estar lista al atardecer.

Kazim salió de la habitación, lejos de la mujer que prácticamente lo había vuelto loco de deseo. Había pensado que la atracción disminuiría una vez hubiera probado el fruto prohibido, pero el hecho de que ahora ya fuera suya, solo suya, intensificó el deseo que sentía por ella. Le hacía querer cosas que jamás podría tener, ser la persona que jamás podría ser.

Pensó en su insistencia en marcharse y la rabia lo consumió. Su pueblo le había dado la bienvenida y esperaba que se quedara. Querían que fuera su princesa y algún día su reina. Él quería tenerla a su lado, acompañándolo en la vida que el destino le había deparado... el mismo destino que la había conducido hasta él. Y además la quería en su cama esa noche. Todas las noches. Y eso era algo que todavía no había asimilado.

Había caído la noche cuando se dio cuenta de que tendría que hacer algo más para convencer a Amber de que quería que se quedase, y esa noche tendría la oportunidad perfecta para hacerlo. Quería asegurarse de que nadie cuestionaría la validez de su matrimonio, pero lo haría a su modo, sin dejarse influenciar más por cómo su padre había tratado a su madre. No quería convertirse en ese maltratador emocional que había ido minando el espíritu de su madre hasta obligarla a apartarse de todo el mundo hasta su muerte. No quería vivir bajo esa sombra nunca más.

Cuando abrió las puertas de su suite, la imagen que lo recibió lo dejó sin aliento. Amber, con el atuendo tradicional en un impactante tono dorado, resplandecía como un oasis en mitad del reseco desierto. Al verlo, ella alzó la barbilla con ese gesto desafiante que él había llegado a admirar. Era como de otro mundo.

—Estás exquisita —le dijo con el corazón golpeándole con fuerza contra el pecho.

Se acercó hasta ella, movido por una fuerza desconocida, observando su delicado rostro y sus exóticos pómulos cubiertos por un intenso rubor. Sus ojos marrones, resaltados por el maquillaje, lo miraban con audacia y él tuvo que contener el deseo de llevarla a la cama y olvidar las formalidades del banquete. ¿Cómo podría pasar toda la noche a su lado cuando lo único que quería era tenerla desnuda bajo su cuerpo y hacerla suya una y otra vez?

—Gracias a la ayuda de un ejército de doncellas —le respondió sonriendo y con unos ojos luminosos como el océano en un día soleado.

Jamás la había visto sonreír así, pero le gustaba y se juró hacer que sucediera más a menudo.

—Eres una princesa y recibir esa clase de trato va incluido en el puesto. Si está lista, princesa Amber de Barazbin, tenemos un banquete en su honor al que asistir.

Amber echó a caminar hacia él invadida por la timidez. Era una locura, pero lo deseaba con tantas fuerzas que apenas podía respirar.

«Céntrate», se dijo cuando unos minutos más tarde entraron en el salón de banquetes, adornado con flores y perfumado con aroma a especias. De pronto se hizo el silencio y todas las miradas se giraron a su paso. ¿Qué estarían pensando? ¿De verdad la recibían con los brazos abiertos?

Eso era lo que estaba pensando cuando la celebración dio comienzo y unos bailarines llenaron la magnífica sala. Cautivada, se detuvo y miró a su alrededor, sintiendo a Kazim detenerse a su lado y acercándola a sí un poco más.

—Esto es para ti, princesa —le dijo con una voz tan aterciopelada que le produjo un cosquilleo—. Te están dando la bienvenida a casa.

—Me siento muy honrada.

—Antes de que pasemos a disfrutar de la velada, a mi padre le gustaría darte la bienvenida.

¿Eran imaginaciones suyas o la voz de Kazim se había endurecido al mencionar a su padre?

Antes de poder responder, él la estaba guiando entre la sonriente multitud, a quien a su vez ella devolvía las sonrisas con elegante dignidad a pesar de estar temblando por dentro ante la idea de ver a su suegro. Lo que Kazim le había contado de su infancia no había hecho más que reforzar la primera impresión que se había llevado de él: duro, mezquino y despiadado.

—Veo que mi hijo lo ha logrado —dijo el jeque Amir al-Amed atravesándola con la mirada.

—¿Acaso dudaba de él? —respondió sin poder evitarlo. No permitiría que ese hombre la intimidara. Kazim la soltó. Había hablado fuera de lugar.

El padre de Kazim los miró a los dos con dureza.

—Me alegra ver que hoy tiene más fuerzas, padre

–interpuso Kazim–. Es un honor para los dos que esté presente esta noche.

Amber sabía que Kazim había intervenido para protegerla, tal como había hecho con su madre. La cicatriz de su pecho era testimonio de ello. Conmovida, se acercó más a él instintivamente.

El jeque Amir asintió con satisfacción sin dejar de mirar a Amber.

–Hice una sabia elección con vuestro matrimonio.

–En efecto –respondió Amber con atrevimiento y siguió mirando al jeque a pesar de sentir que Kazim se había vuelto para mirarla.

Se quedó atónita al ver al jeque soltar una profunda carcajada que, por un instante, le permitió apreciar al hombre tan bello que debió de haber sido.

–Sabía elección, sin duda. Ahora marchaos. Id a cumplir con vuestro deber.

Y así, se dejó guiar por Kazim hacia la sala llena de gente con las rodillas temblorosas tras el encuentro con el jeque.

–Te lo has ganado –le susurró Kazim al oído cuando la música se volvió más intensa y las danzas más enérgicas. Le indicó que se sentara–. Debí haberlo imaginado porque a mí también me ganaste con la misma facilidad.

La danza que comenzó ante ellos la salvó de responder al comentario. Mujeres ataviadas con colores brillantes y engalanadas con joyas de oro se mecían al ritmo de la música que retumbaba por el techo abovedado del palacio. Era espectacular. Y pensar que hacía solo unos días estaba trabajando de camarera en París ahorrando para el curso de arte en el que se había matriculado...

Pronto le comenzaron a servir la comida más deliciosa que había probado en su vida y entabló conversación educadamente con los que la rodeaban. A cada movimiento que hacía, podía sentir la mirada de Kazim, ardiente y apasionada, siguiéndola y devorándola descaradamente. Incluso cuando él estaba charlando con otras personas, notaba su mirada recorriéndole el cuerpo como si la estuviera desnudando.

Ese tormento se prolongó unas horas más y, justo cuando creía que no podría soportarlo más, Kazim se puso a su lado, le dio la mano y la sacó del salón, tal como había hecho la noche de la boda.

—Esto es lo que debería haber pasado en nuestra noche de bodas —dijo unos instantes más tarde mientras cerraba las puertas de la suite. A continuación, la rodeó con los brazos y la tendió en la cama.

—Creía que ya habíamos celebrado nuestra noche de bodas, en Inglaterra —bromeó ella. Olvidó por completo su previa intención de adoptar una actitud más fría al verlo quitarse el tocado revelando un alborotado cabello oscuro que al instante anheló tocar.

—Quiero enmendar lo que hice y esta noche, aquí en mi palacio, tendremos nuestra noche de bodas.

Se acercó a la cama y ella se vio invadida por un intenso deseo hasta que las siguientes palabras que le dirigió extinguieron la llama de la pasión.

—Mañana iré al desierto.

¿La iba a dejar sola? No soportaría estar sola en el palacio.

—Me gustaría ir.

—No es lugar para una princesa.

Esas palabras no la disuadieron, aunque cuando lo vio quitarse la ropa y descubrir su glorioso cuerpo, tuvo que obligarse a centrarse.

Sabía que debía contarle lo del dinero que su padre

había empleado bajo falsos pretextos, pero cuando Kazim se le acercó, casi desnudo, todos esos pensamientos la abandonaron.

—Necesito que me vean contigo, ¿no es eso lo que dijiste en Inglaterra? —respondió ella mientras intentaba no ceder ante el fuego que bramó por su cuerpo cuando Kazim se tendió a su lado y deslizó una mano por su piel cubierta de seda—. Llévame contigo.

—El desierto no es lugar para una princesa y, además, mientras estoy ahí vivo como un nómada —deslizó la mano seductoramente sobre sus pechos y vio cómo los pezones se le endurecieron al instante. Sonrió.

—¿No ayudaría a tu causa que te acompañara? Podría darte calor por las noches.

Al instante, Kazim la besó con intensidad y comenzó a tirar con impaciencia de las suntuosas telas de seda a la vez que ella se acercaba a su cuerpo, sintiéndose más poderosa y atractiva que nunca en su vida.

Ese era el hombre al que amaba con toda el alma y quería estar con él allá donde fuera, a pesar de lo que había dicho y de lo que se había prometido a sí misma.

—Muy tentadora... —respondió él cuando por fin la despojó de toda la ropa y sus manos encontraron su piel.

Los dedos de Kazim parecían quemarla mientras le acariciaban el pecho.

—Por favor, Kazim, quiero ir contigo.

Él la besó de nuevo y ella lo rodeó por el cuello. Cuando el beso terminó, le susurró sugerentemente:

—Llévame contigo.

—¿Qué hombre podría negarse a semejante petición?

Capítulo 8

EL CALOR del desierto era mucho más intenso de lo que Amber recordaba. ¿O era el hombre que conducía el todoterreno por esa abrasadora expansión de arena el que estaba provocando esa intensidad? Los recuerdos de otra noche en los brazos de Kazim hicieron que se le acelerara el pulso. Toda la indiferencia que había planeado contra él quedaba olvidada, se había perdido en la pasión que él había despertado en ella con solo una mirada, con solo una caricia. Lo amaba y, aunque él no la quería, quería aprovechar al máximo cada momento que estuviera allí.

—Había olvidado lo precioso que es el desierto —dijo centrando su atención en las inmensas dunas que se alzaban a cada lado bajo el intenso azul del cielo.

—Pero también puede ser un lugar peligroso. El desierto es como la vida... muy cambiable. Una tormenta y el curso de la vida se altera.

¿Se estaría refiriendo a su padre? Se le encogió el corazón y sintió la necesidad de acariciarlo, reconfortarlo, pero la mirada que él le lanzó cuando la vio moverse la paralizó. De nuevo, se mostraba inaccesible.

—¿Qué pasó la noche que te hiciste esa cicatriz?

—No es asunto tuyo —respondió furioso.

—Sí que lo es, Kazim. Tiene implicaciones para mí... para nosotros.

—Como te dije, me interpuse entre mi madre y mi padre.

Amber podía sentir que se estaba intentando controlar, lo podía sentir por la tensión que de pronto había llenado el vehículo. Deseaba salir de ahí, pero ante ella solo había dunas esculpidas por la madre naturaleza. Suspiró frustrada. Estaba claro que las horas que habían pasado el uno en brazos del otro no habían significado nada para él porque no quería que se le acercara emocionalmente.

¿Debía contarle lo del dinero? ¿Qué diría cuando se enterara de que su padre estaba atacando Barazbin para vengar el modo en que la había deshonrado deshaciéndose de ella tras la boda?

—Kazim, creo que deberíamos hablar.

Kazim no quería recordar el sufrimiento de aquel día, pero sabía que tenía que explicárselo. Ella tenía derecho a saberlo.

—Muy bien —respondió negándose a mirarla y mirando al frente—. Fue culpa mía.

—¿Qué?

—Fue culpa mía. Perdí los nervios. Me enfrenté a mi padre, y aunque la juventud estaba de mi lado, la experiencia no tanto.

Desde aquel día, Kazim y su madre apenas habían vuelto a hablar. La había decepcionado al convertirse en un hombre tan malo como el hombre con el que se había casado.

—Seguro que no es verdad.

Kazim quería parar el coche y darle toda su atención, contarle todo, pero al mismo tiempo no quería que la compasión de su mirada tornase en vergüenza y repulsa. De pronto, por primera vez, le importó lo que ella pensara de él.

—Yo también quise irme de aquí. No deseaba ser príncipe y vivir en un palacio prácticamente como un animal enjaulado. Quería libertad. Mi padre y yo discutimos y él me acusó de desatender a mi pueblo. Me dijo que las tribus nómadas necesitaban ayuda, pero no me quedé, no escuché ni una palabra. Para mí, mi único deber era mi compañía petrolera y en ningún momento se me pasó por la cabeza la idea de que alguien que no fuera mi padre pudiera gobernar el palacio.

—Y entonces enfermó —apuntó ella con apenas un susurro.

—Sí, y mi vida cambió de nuevo. Como sucede con las dunas después de una tormenta de arena, no quedó ni rastro de lo que había habido antes.

—Pero sigue sin ser culpa tuya —dijo ella sin comprender nada.

—Cierto, pero si no hubiera discutido, si no me hubiera negado a volver al palacio, él no habría sufrido el infarto.

El todoterreno ascendió por una enorme duna de arena y, al llegar a la cima, ella vio un campamento debajo resguardado por más dunas a su vez. Numerosas tiendas se extendían por el terreno y se podía ver a gente moviéndose de un lado para otro, ocupada con sus quehaceres diarios.

—Lo que más me duele de esto —continuó Kazim tocándose el pecho, donde ocultaba la cicatriz bajo la ropa— es que las últimas palabras que le dirigí a mi madre estaban cargadas de rabia. Se negó a volver a verme y murió sola. La destruí y no hice las paces con ella. No me puedo perdonar por eso.

–No te culpes, Kazim. Yo no lo hago.

–Pues deberías. Y también deberías culparme porque no te puedo dar la libertad que ansías. La libertad que te mereces.

–Siempre he sabido que me casaría con el hombre que eligiera mi padre, así que nunca he sido libre, Kazim. Y tú tampoco. Como has dicho, es nuestro deber.

«Un deber que ahora cumplo principalmente por lo que puedes ofrecerle al hijo de Annie».

Sí, esa era su única motivación. Estaba ahí por Annie y Claude.

Quería preguntarle cómo estaban, qué estaban haciendo y dónde, pero no era el momento. Como tampoco era momento para contarle lo de su padre. Sin embargo, tendría que hacerlo.

–Ahora que sabes lo que pasó, no quiero volver a hablar de ello –dijo él con firmeza y a ella se le encogió el corazón al sentir tanto dolor en esas palabras.

–¿Es aquí donde acamparemos? –preguntó Amber intentando adoptar un tono animado. La tensión que los envolvía resultaba casi imposible de soportar.

–Esta será nuestra casa durante la próxima semana –respondió Kazim conduciendo en dirección a las tiendas.

Un escalofrío de pánico la recorrió. ¿Iba a pasar ahí una semana con Kazim? ¿En qué se había metido por culpa de un momento de debilidad? Había creído que tenía que estar a su lado, como si el amor que sentía por él pudiera contagiarlo y hacerlo amarla también. ¿Alguna vez él le diría esas palabras? Jamás las había oído de nadie, solo de su abuela. Ella era la única persona que le había dicho que la quería.

–Tenemos nuestra tienda en el borde exterior del campamento –dijo Kazim señalando una tienda mucho más grande que las demás.

Según se acercaban, ella pudo comprobar que la tienda parecía más bien un palacio hecho de tela.

–Creía que dijiste que en el desierto no vivías entre lujos.

Él soltó una sensual carcajada y detuvo el coche.

–Yo no, pero tú sí.

Amber bajó del coche, aliviada por poder estirar las piernas después de un trayecto tan tenso e incapaz de creer que se pudiera encontrar tanto lujo ahí en mitad del desierto. Era como una imagen salida de un cuento. Un cuento de seducción.

–Por mí no es necesario.

Nunca había visto nada igual. La lona delantera de la tienda estaba recogida y permitía ver el interior. Dentro colgaban unas suntuosas cortinas moradas y había cojines dorados esparcidos por la moqueta. Unos faroles iluminaban el interior y un aroma a incienso se difundía con la brisa embriagándola.

–Podría haberme alojado en algo más modesto.

Kazim estaba tras ella con las manos apoyadas en sus hombros, irradiando el calor del deseo que habían compartido la noche anterior.

–Quiero que te quedes aquí conmigo. Quiero que seas mi princesa del desierto.

Amber sintió su aliento en la oreja antes de que él se agachara para besarle el cuello. ¿Era ese su modo de distraerla de lo que acababan de hablar? ¿Haría lo mismo cada vez que se acercara demasiado a él?

Una parte de ella lo esperaba, pero la otra sabía que no duraría, que Kazim se cansaría de ella pronto, buscaría satisfacciones en otra parte y volvería a ser el jeque del petróleo con el que las mujeres soñaban con estar y al que los hombres querían emular.

–Tengo una reunión con los ancianos del campamento –dijo abrazándola–. Pero, cuando vuelva, pasaremos la noche juntos.

Esa promesa, pronunciada con una voz tan sexy y profunda, hizo que el corazón le diera un brinco, y un ardiente calor encendió un renovado deseo en su interior. Con solo una caricia, un beso y unas suaves palabras la había derretido... porque lo amaba. Y más aún ahora que había visto al verdadero hombre y había visto cómo sentía. Ahora lo único que podía esperar era que algún día la amara.

¿Pero lo haría? ¿Sería suyo algún día y la amaría como ella lo había amado desde que su padre le había comunicado que sería su esposo, su príncipe? Si no, si eso no sucedía, entonces sabía que tendría que marcharse de allí.

–Aquí estaré –respondió ella alzándose para besarlo en los labios.

–¿Qué hombre podría resistirse? –le preguntó Kazim entre apasionados besos–. Espero que nuestra unión se vea pronto bendecida con un heredero.

¿Un bebé?

–¿Quieres hijos? ¿Tan pronto? –se apartó para mirarlo.

Tener un hijo ahora los ataría irrevocablemente. De pronto se sintió aliviada, agradecida por haber tomado sus propias precauciones, porque no estaba segura de poder pasar el resto de su vida unida a ese hombre cuando él no la amaba.

–Por supuesto. Soy el heredero al trono de Barazbin. El único. Y tengo que aportar mis propios herederos. Es nuestro deber, Amber. La razón por la que nos casamos.

–Es que no me había esperado que tuviese que ser tan pronto –se le aceleró el pulso cuando él le acarició la mejilla.

–Llevamos casados casi un año, Amber.

–Lo sé, pero...

–¿Qué pasa, Amber? ¿Querías volver corriendo a París en cuanto pensaras que habías cumplido con tu deber? ¿En cuanto a Claude le hubieran realizado todas las operaciones que necesita?

Ella respiró hondo. Era exactamente lo que había pensado. Se quedó atónita al ver que por primera vez no se había referido a Claude como «el niño».

–¿Tienes noticias de Claude? –preguntó aprovechando el cambio de tema.

No era que no quisiera tener hijos, sino simplemente que quería que la amaran y necesitaran por sí misma, no por engendrar al futuro regente de Barazbin. Pero sobre todo quería amar y ser amada a su vez, sin reservas.

Kazim sonrió como sabiendo que había logrado captar su atención.

–Tu amiga y su hijo están en Estados Unidos ahora mismo. Dentro de dos días le harán la primera operación. En cuanto volvamos al palacio, podrás ponerte en contacto con ellos.

Sintió un gran alivio al saber que, por fin, Claude estaba recibiendo ayuda. El único problema era que ahora ella tenía que cumplir su parte del trato. De nuevo, se sintió atrapada.

–Ojalá me lo hubieras contado antes. He estado muy preocupada por Annie y por el hecho de que pensara que los he abandonado. No le expliqué todo.

–Sé que se alegra mucho por ti y que está deseando

verte. Hasim la está cuidando, se está tomando muy en serio su papel... como yo muy bien sabía.

–Gracias, Kazim.

Kazim sonrió a Amber. Las extrañas y nuevas emociones que lo invadían lo estaban consumiendo tanto que se veía incapaz de analizarlas porque, si lo hacía, pasaría algo malo, como siempre que se acercaba emocionalmente a alguien.

Ya había perdido demasiado. Primero a un padre que prácticamente lo había rechazado sin más siendo niño, y después a su madre porque él había resultado comportarse de un modo tan brutal como su padre. Ahora el sentimiento de culpa que lo invadía por ello se había vuelto más intenso desde el trayecto al desierto y seguía sin comprender por qué se había abierto tanto, por qué le había contado tanto a Amber.

–No hace falta que hablemos de herederos ahora –le respondió y le alzó la barbilla para poder mirarla bien a los ojos.

–No –susurró ella–. Tienes que ir a tu reunión.

«Al infierno con la reunión», quiso decir Kazim, pero era su deber terminar lo que su padre había comenzado. Aunque se negaba a admitirlo y no llegaba a entenderlo, en el fondo siempre había querido ganarse su respeto.

–Luego tenemos mucho de qué hablar, Amber –dijo soltándola y echando de menos al instante su calor–. El futuro de Barazbin está en nuestras manos. Todo lo que hagamos afectará a mucha gente. Tenemos que hacerlo bien.

–Lo sé –respondió ella alzando la barbilla desafiante y con tono de resignación–. Es nuestro deber.

Capítulo 9

«DEBER».

La palabra le dejó un sabor amargo en la boca. Ya había anochecido y Amber comenzaba a dudar de lo que estaba haciendo. De pronto todo se había complicado demasiado.

En el exterior de la tienda oyó voces y el viento levantarse, pero estaba demasiado entretenida con sus pensamientos como para prestarle atención. Así, fue hacia uno de los grandes dormitorios delimitados por las cortinas moradas. La cama, a pesar de quedar casi a nivel del suelo, era grande y lujosa y estaba adornada con numerosos cojines dorados y morados. Era tarde y estaba cansada, pero Kazim le había dicho que quería que durmieran juntos y ahora mismo era justo lo que deseaba. Quería estar con él, compartir la noche con el hombre que amaba y fingir que él la amaba también.

En ese momento, como si lo hubiera conjurado con el pensamiento, Kazim retiró las cortinas que hacían la función de puerta y entró. Su presencia eclipsó por completo el esplendor de la tienda. A Amber se le aceleró el corazón, como siempre que lo tenía cerca, pero al recordar la discusión que habían tenido antes se mantuvo firme y lo miró fijamente.

¿Estaba allí en sus aposentos movido por el sentido del deber, tal como había sugerido antes de marcharse? ¿Había ido en busca de un heredero?

–¿Seguimos discutiendo sobre nuestro deber para con tu país? –le preguntó con brusquedad.

Él ni se inmutó.

–¿Cuándo me lo pensabas contar, Amber?

–¿Contarte qué exactamente?

–Que tu padre y tú habéis estado financiando los ataques rebeldes contra mi pueblo.

Amber se quedó inmóvil mientras asimilaba las palabras.

–¿Quién te ha dicho eso? –¿cómo se atrevía a entrar ahí insinuando que ella estaba detrás de semejantes actos?

–No importa quién me lo haya dicho... lo que importa es tu respuesta. Así que te lo preguntaré otra vez. ¿Cuándo pensabas decirme que has estado apoyando a los rebeldes con el dinero que le envié a tu padre para que vivieras como una princesa? –se acercó más a ella, inquietándola con cada mirada, con cada paso.

–Sea lo que sea lo que ha hecho mi padre, yo no he tenido nada que ver –le contestó y sacudió la cabeza para apartarse el pelo de la cara.

Pensó en la visita de su madre, en lo nerviosa que se había mostrado, y por primera vez se preguntó si la mujer tenía más miedo de su marido que del hombre con quien había casado a su hija. Cerró los ojos brevemente sabiendo que debería habérselo contado a Kazim, pero el terror que había visto en el rostro de su madre se lo había impedido.

–¿No es verdad que sabías que había usado mi dinero? Cuando estuvimos en Londres te comportaste como una derrochona –dejó de hablar y la miró, como instándola a negárselo, a decir algo.

Era cierto, se había comportado así, pero lo había

hecho para que él pensara mal de ella. Lo que no le había dicho era que nunca había visto el dinero que le había enviado y que su padre se lo había quedado todo. ¡Ni siquiera había sabido nada de ese dinero hasta que él había hecho aquellos comentarios al respecto en París!

Kazim maldijo bruscamente, fue hasta un extremo de la tienda y se dio la vuelta.

–¡Maldita sea, Amber! ¡Confié en ti! Creí todo lo que me dijiste y, mientras tanto, tú solo pretendías sacarme tanto como pudieras.

Lo vio pasarse una mano por el pelo con desesperación y se preguntó si había algo que pudiera decir para solucionarlo. Sin embargo, dijera lo que dijera, dejaría expuestos sus verdaderos sentimientos hacia él y ¿no era mejor que la viera como una interesada, que pensara mal de ella? De ese modo, al menos podrían seguir caminos separados.

Se le rompió el alma solo de pensarlo, pero sabía que sufriría mucho más si se quedaba allí. No debería haber accedido a volver.

–Jamás debiste ir a buscarme, Kazim.

–Fui un idiota al pensar que podías formar parte de mi vida, parte del futuro de Barazbin. ¡Fui un maldito idiota!

Sus palabras cargadas de furia resonaron entre las lujosas telas y a ella le temblaron las piernas hasta el punto de pensar que se desplomaría sobre los cojines.

–¡La idiota fui yo por acceder al matrimonio en un primer lugar! –le contestó con ira y fuerzas renovadas–. No quiero ser ni una carga ni un deber para nadie. Solo quiero ser feliz.

–¡Feliz! –esa única palabra pronunciada con su marcado acento pareció hacer temblar la tienda–. Ser felices no entra en nuestra lista de deseos, Amber. Tenemos un deber para con nuestros países y nuestras familias.

—¿Como el deber que tuviste tú de seducirme con tiernas caricias y dulces palabras? ¿Era tu deber asegurar el futuro de Barazbin y procrear un heredero... sin informarme? Pues siento decirte que no habrá heredero porque durante esas noches que hemos pasado juntos yo estaba usando métodos anticonceptivos.

—¡Más decepciones! —dijo él furioso, lenta y decididamente—. ¿Es que no tienes límite?

—Si me hubieras dicho desde un principio que tenía que darte un heredero, te habría dicho que no. Te habría dicho que no, por muy tentador que hubiera sido tu chantaje.

—Tus acusaciones de chantaje me están empezando a cansar.

Se acercó más a ella, aunque Amber no se dejó intimidar y se mantuvo firme, mirándolo a los ojos, ahora de un tono glacial, mientras él continuaba diciendo:

—Pero no puedo tolerar tu decepción.

—¡Mi decepción!

De pronto, los muros de tela ondearon con una fuerza mucho más intensa que su rabia. Se podían oír gritos y a gente correr. Kazim miró a su alrededor y apretó la mandíbula. Sabía que se había levantado viento, que los vientos del desierto podían surgir de la nada, pero los gritos de pánico de los hombres le hicieron pensar que algo iba muy mal.

Kazim miró a su alrededor. Sí, se había levantado viento, pero algo mucho peor estaba sucediendo ahí fuera. Miró a Amber y la furia que lo había invadido tras su decepción descendió como la marea. La había llevado al desierto y, al hacerlo, la podía haber puesto en peligro. Una vez más, alguien a quien estaba unido resultaría herido.

–Quédate aquí –la agarró por los brazos y la obligó a mirarlo–. ¿Me oyes? ¡Quédate aquí!

–¿Qué pasa? –preguntó aterrorizada.

–Volveré en unos minutos, pero hagas lo que hagas, quédate aquí.

Corrió hasta la entrada de la tienda y una simple mirada le mostró todo lo que necesitaba saber. La naturaleza los estaba provocando con la amenaza de una tormenta de arena, pero la frenética actividad de los nómadas indicaba solo una cosa.

Los estaban atacando.

–¿Kazim?

Él maldijo al ver que Amber no había permanecido en sus dependencias, al fondo de la tienda.

–¿Es que no puedes hacer lo que se te dice? –con bruscos movimientos aseguró la entrada de la tienda esperando que los rebeldes no atacaran con toda la fuerza. ¿Qué debía hacer? ¿Quedarse con Amber o ir con los nómadas?

–¿Qué está pasando? –preguntó Amber con voz temblorosa.

–Amenaza una tormenta de arena.

–Pero podía ir a peor, ¿verdad?

–Ya lo ha hecho.

–¿Qué quieres decir?

–Los rebeldes también están ahí fuera. El ataque es inminente.

Ella abrió los ojos de par en par, pero no dijo nada.

Rápidamente, Kazim la agarró de un brazo y la llevó hacia sus dependencias.

–Volveremos adonde te he dicho que te quedes y permanecerás ahí sentada. Es la mejor opción y la más segura.

La sentó en la cama.

–Vamos a esperar. Puede que la tormenta sea nuestra salvación.

–¿Y ya está? ¿Ese es tu plan maestro?

Amber se aferró a su brazo y él cerró los ojos para contener las emociones que lo asaltaban. Ella buscaba su protección y eso le recordó el momento en que no había logrado proteger a su madre. Aún podía oírla gritar y podía sentir el dolor en su pecho cuando cayó contra la afilada esquina del pedestal de la estatua de mármol.

–Kazim, alguien está intentando entrar –dijo Amber aterrorizada devolviéndolo al presente.

Se levantó de inmediato, preparándose para defenderla, y se sintió aliviado al ver al hijo del más anciano de la tribu correr a decirle algo apresuradamente.

–¿Qué pasa? –le preguntó Amber cuando el nómada volvió a salir–. ¿Tienes que ir?

–Se han ido. Parece que esta noche el viento está de nuestro lado.

Ella suspiró aliviada.

–¿Estás seguro de que no volverán?

–Esta noche no –respondió sentándose a su lado–. Ahora solo nos tenemos que preocupar del viento y de mantenernos a salvo.

–¿Estás intentando seducirme? –bromeó ella.

–No sería tan mentiroso como para recurrir a la excusa de una tormenta inminente... y tampoco necesitaría hacerlo –le respondió.

Lo cierto era que sí que quería seducirla. La deseaba con cada célula de su cuerpo. Jamás había experimentado esa intensidad de deseo. Normalmente se cansaba de una mujer una vez la había tenido en su cama, pero con Amber era distinto.

–No pretendía engañarte, Kazim.

–En nuestra noche de bodas intentaste ser algo que sé que no eras, y ahora descubro que estabas al tanto de la alianza de tu padre con los rebeldes. ¿Cómo voy a poder confiar en ti?

Amber suspiró. ¿Es que no confiaba en nada de lo que había dicho o hecho?

–Nuestro matrimonio estuvo condenado desde el primer momento. No querías creerme; solo querías creer lo que veías, o lo que pensabas que veías.

–Lo que vi entonces y sigo viendo ahora es una mujer muy astuta hilando una red de mentiras. Una mujer que no conoce lo que es la verdad.

A su alrededor el viento sacudía la tienda, parecía decidido a entrar. En otras circunstancias habría resultado romántico, dos amantes juntos y alejados del resto del mundo.

Pero no eran amantes. Lo que compartían era una innegable atracción que iría extinguiéndose.

–Estaba cumpliendo con mi deber, Kazim. Seguro que tú, más que nadie, puedes entenderlo, ¿verdad? –tenía que escucharla, tenía que saber por qué actuó del modo en que lo hizo–. Me dejaron muy claro que, para heredar el reino de tu padre, era de suma importancia que nuestro matrimonio fuera adelante.

–Eso, al menos, es cierto. A mí me dijeron lo mismo; que con tal de que consumáramos el matrimonio, no importaba si después vivíamos juntos o no... al menos, por un tiempo. Esa es la única razón por la que accedí a ello.

–Pero ni siquiera fuiste capaz de consumar el matrimonio. ¿Por qué, Kazim? ¿Tanto me odiabas? –le preguntó furiosa.

–¡No! Odiaba que nos hubieran obligado a casarnos. Tenía una vida, tenía mi negocio, y nunca quise heredar el reino.

Respiró hondo, la miró y ella esperó ansiosa a que continuara.

–No quería asumir ninguna responsabilidad, ni hacia ti ni hacia el pueblo de Barazbin. No quería desearte ni convertirte en mi esposa porque tú representabas todo lo que me hacía daño.

Impactada, escuchó esas duras palabras. Sin duda, ese hombre odiaba que se hubieran casado. En cuanto pudiera, lo abandonaría y volvería a París.

–No tenía conocimiento de lo que estaba haciendo mi padre –insistió al no querer causarle problemas a su madre.

Él se levantó y se alejó de su lado. Se dio la vuelta y, con clara rabia, le dijo:

–¡Me lo deberías haber dicho!

Amber abrió los ojos de par en par.

–No podía... mi madre... –dijo tartamudeando.

–No intentes decirme que no sabías nada de esto y que fue tu madre quien te lo contó. Has tenido oportunidad de decírmelo de camino aquí.

–Lo siento. No era consciente de la trascendencia de lo que había oído y luego has empezado a hablar de tu padre y no me ha parecido buen momento.

–Has sido tú la que ha provocado esa conversación –dijo apretando los dientes y ella supo que tal vez lo estaba forzando demasiado.

Sin embargo, tal vez tenía que hacerlo. Tal vez tenía que forzarlo a enfrentarse a sus emociones porque quizá así tendrían un futuro juntos. Y si no, al menos lo habría intentado.

—No dejas que nadie se acerque a ti, Kazim. ¿Por qué?

—No intentes analizar mis emociones, Amber. No vas a ganar ese juego.

—Esto no es un juego. Esto es real —se acercó a él lo suficiente para sentir el calor de su cuerpo y oír su respiración.

—Ten cuidado, Amber. Puede que descubras que estás abarcando más de lo que puedes asumir.

—Puedo asumir esto. Te estoy diciendo que no sabía nada del dinero que le has estado enviando a mi padre. Si lo hubiera sabido, jamás habría trabajado en ese club ni habría vivido en ese piso, y habría sido yo la que hubiera ayudado a Annie y a Claude, no tú. Admito que vine aquí porque me dijiste que ibas a ayudar a Claude, pero también vine porque necesitaba explorar lo que hay entre nosotros ya que, en el fondo, quería hacerlo.

—¿Querías hacerlo? —la miró con gesto de incredulidad—. Eso no podría estar más alejado de la verdad. En cuanto te encontré en el club, empezaste a hablar del divorcio.

—Porque creía que eso era lo que querías. Me rechazaste, Kazim, y jamás olvidaré cómo me sentí. Intenté ser lo que querías que fuera, pero no bastó. Tu mirada de asco casi me mató.

«Y casi mató también el amor que siento por ti».

—No me esperaba que mi mujer trajera una mochila cargada de escándalos.

—Pero creía...

—¿Qué creías?

—Que un hombre como tú querría una esposa que resultara más interesante.

—No —la agarró de los brazos y la acercó a sí—. Quería que mi esposa fuera mía y solo mía. Ahora sé que lo eres. A pesar de los muchos meses que hemos estado separados, ahora sé que siempre has sido mía.

¿De verdad le estaba abriendo su corazón? ¿Permitiéndole entrar?

—Sí, siempre lo he sido —respondió ella con apenas un susurro—. Siempre, Kazim. Te quiero.

Capítulo 10

KAZIM retrocedió impactado y la soltó bruscamente. ¿Lo amaba? La miró, tan hermosa
bajo la suave luz de los faroles. Aún no podía
creer lo que había oído. ¿Qué necesidad tenía de men-
tirle de ese modo?

–Eso es imposible –retrocedió un poco más. Esas
palabras no significaban nada para él porque el pasado le había enseñado que se empleaban para infligir
dolor, que eran armas. Además, eran unas palabras
que jamás le diría a nadie. Nunca. El amor, si es que
existía, no estaba hecho para él.

–¿Por qué?

Amber caminó hacia él, que no pudo evitar fijarse
en su esbelta figura y en cómo la seda roja le envolvía
el cuerpo y la dotaba de una presencia real.

–¿Que por qué no? ¿De verdad necesitas pregun-
tarlo?

–La verdad es que sí.

–Me has dejado claro que solo estás aquí bajo presión y para que el hijo de tu amiga pueda recibir tratamiento médico.

–¿No sientes nada por mí? –le preguntó ella con
valentía y mirándolo fijamente a los ojos.

Por un instante, él reflexionó sobre el nudo que
sentía en el pecho cada vez que pensaba en ella... Pero
no, no podía ser amor. El amor solo generaba dolor.

De joven había jurado que nunca amaría a nadie y no tenía ninguna intención de romper esa promesa. Había visto lo que el amor le había hecho a su madre.

—El amor es para los tontos.

—Tienes razón —le respondió ella con firmeza—. Es para los tontos.

—¡Maldita sea, Amber, no me mires así!

—¿De qué tienes miedo, Kazim? —se acercó un poco más y él respiró profundamente inhalando su perfume, que le recordaba a los jardines de palacio, a un oasis de tranquilidad.

¿Que de qué tenía miedo? Esa era una pregunta a la que nunca había querido buscar respuesta. No quería enfrentarse al pasado. No podía hacerlo.

—Es una emoción inútil, Amber. El amor no sirve para nada. Nosotros nos hemos casado por obligación y entre los dos no puede haber más que eso.

Le habló intentando controlar la emoción porque ella nunca debía saber que con esas dos palabras había desatado en su interior un torbellino de emociones. No podía exponerse, no podía dejar ver su vulnerabilidad porque, si lo hacía, podrían hacerle daño.

—¡Ah, claro! Una obligación que te tomaste tan en serio que ni siquiera fuiste capaz de hacerme tu esposa en la noche de bodas. ¿Fue porque te disgustaron los rumores o porque no me deseabas?

Esas palabras fueron un cóctel letal de dureza y sarcasmo, pero a él no le importó.

—Fue simplemente porque me habían hecho creer que eras una novia inocente. Justo lo que querría un príncipe —respondió él con firmeza, ahora controlando más las extrañas sensaciones que lo habían invadido antes—. En absoluto me había esperado una bailarina tan provocativa. Me sentí como un jeque de otros tiempos eligiendo mujer en su harén, y eso es algo que nunca he querido experimentar.

Cuando Amber bajó la mirada y sus largas y deliciosas pestañas le rozaron los pómulos, él tuvo que contenerse para no abrazarla y besarla.

—Siento... lo de aquella noche, de verdad que sí. En mi inexperiencia, hice lo que me pareció que estaba bien.

Él apretó los puños. Lo estaba poniendo a prueba. Primero unas suaves palabras, después una fiera determinación y luego esa timidez. ¿Qué sería lo próximo? ¿Lágrimas?

—Ya no importa.

Se apartó de ella, de su embriagador perfume y de la atrayente oscuridad de sus ojos; lejos de la tentación de sus suaves labios.

—Como desees —respondió ella en voz baja pero firme.

Amber lo observó. Si su confesión de amor lo había hecho sentir tan incómodo, no tenía más alternativa que insistir en volver a París y a su antigua vida. Le exigiría el divorcio.

El problema era que lo amaba, lo amaba de todas las formas que una mujer puede amar a un hombre, con su corazón y con su cuerpo.

—No te hagas la sumisa conmigo, Amber —esas duras palabras le hicieron más daño del que estaba dispuesta a reconocer.

Kazim no la amaba, jamás lo haría, y ella no podía seguir viviendo así. Volver a París y limitarse a amar el recuerdo de un hombre sería mejor que vivir cada día con él sabiendo que no la quería.

–Simplemente estoy siendo práctica, Kazim. No podemos seguir así –le supuso un gran esfuerzo mantener ese tono de indiferencia. Pero si él podía ser tan frío y controlar tanto sus emociones, ella también.

–Tenemos que permanecer casados, Amber. Ya sabes que tengo que darle un heredero a mi pueblo.

–No puedo –susurró ella incapaz de dejar de mirarlo.

–¿No puedes o no quieres?

Ella respiró hondo. Estaba dispuesta a ganarle esa batalla.

–No tendré un hijo tuyo, Kazim.

–Pero ese es el motivo por el que estás aquí.

Amber sonrió. Se había atrevido a desafiar al todopoderoso príncipe Kazim al-Amed de Barazbin y él no estaba acostumbrado a eso.

–Ese no es el único motivo, y lo sabes. Estoy aquí porque me chantajeaste con la salud de un niño, un niño que me importa mucho, Kazim. ¿Cómo has podido ser tan cruel?

Él apretó la mandíbula, pero no dijo nada y ella continuó.

–Cuando hablamos aquella noche en mi piso, en ningún momento mencionaste que tuviera que darte un heredero. ¿Qué estabas planeando? ¿Seducirme y después deshacerte de mí en cuanto hubiera tenido el niño? –unos días atrás no lo habría imaginado capaz de tal cosa, pero ahora ya no estaba tan segura.

–¡Eso es una barbaridad! –protestó Kazim, aunque su reacción demostró que era exactamente lo que había planeado.

De pronto la tienda se sacudió salvajemente con el viento y ella se preguntó si se derrumbaría a su alrededor, tal como le había sucedido a su matrimonio, a su vida. Sus sueños y esperanzas habían quedado aplastados hasta el punto de resultar irreconocibles. Él nunca la había deseado. La había necesitado para conseguir lo que quería, simplemente.

–Es la verdad, Kazim, y lo sabes.

–Creo que tú no estás muy familiarizada con la verdad. Desde que te vi en ese club, me has mentido. No lo puedes negar, Amber. Todo lo que has dicho ha estado envuelto en mentiras.

–¡Eso no es cierto! Digo la verdad, y lo sabes. Tú sí que me engañaste en lo referente al motivo por el que tenía que volver aquí contigo, eso sin mencionar las despiadadas tácticas de chantaje que empleaste –aunque la tienda se sacudió violentamente una vez más, ella no apartó la mirada de sus ojos.

–Esto se ha prolongado demasiado –dijo Kazim furioso y frustrado. No había nada más que discutir. Estaban casados y ese matrimonio le daría el heredero que necesitaba.

Vio a Amber respirar hondo. Nunca había visto a una mujer tan desafiante, ni una a la que deseara tanto. Porque incluso ahora, entre palabras cargadas de furia y de desconfianza, seguía deseándola.

–Sí, así es, y en cuanto pueda, me marcharé. Quiero volver a mi piso en París y empezar mi curso de arte. Quiero recuperar mi vida, Kazim. No quiero formar parte de tus juegos de poder.

–Son unas palabras muy duras para una mujer que se encuentra en una posición tan débil.

–No soy yo la que necesita un heredero –le contestó enarcando una ceja–. Y creo que eso te pone a ti en la posición más débil. Y sí, intento ser dura.

–Estás aquí como mi esposa, mi esposa de verdad. Sentimos atracción el uno por el otro, eso no lo puedes negar. ¿Es que no quieres que te bese?

Aunque Amber apretó los labios con fuerza, él vio sus ojos volverse de un marrón más profundo y su expresión cambiar, como si se estuviera situando detrás de una barrera protectora.

–En absoluto –le respondió apartándose.

–Demuéstralo –contestó él siguiéndola. La agarró por el brazo y la llevó contra sí. Al sentir sus pechos contra su torso, lo atravesó una punzada de deseo. Ahora mismo lo único que estaba demostrando era que era él el que se sentía atraído mientras que ella permanecía rígida en sus brazos, implacable.

–No.

–Entonces lo haré yo.

Y con eso, la besó. Bajo sus labios, los de ella permanecieron firmes y cerrados, pero cuando hundió la mano en la suavidad de su cabello, se separaron y Amber dejó escapar un suspiro.

Con eso lo demostraba. Por mucho que protestara, lo deseaba. Era suya. Debería parar, apartarse y dejarle ver que él había ganado, pero no podía. No quería. Y cuando ella suspiró contra sus labios una vez más y acercó el cuerpo más al suyo, supo que estaba perdido.

–¿Cómo puede esto resultar tan bueno cuando todo lo demás está mal? –susurró Amber mirándolo. Sus ojos parecían estar hechos de una mezcla de oro derretido y deseo.

Kazim no tuvo respuesta para eso. Jamás había conocido un deseo tan abrumador, tan arrollador.

–Ahora mismo lo único que me importa es besarte –le contestó acariciándole de nuevo el cabello antes

de profundizar el beso–. No me importan mis obligaciones, ni el viento ni los rebeldes. Lo único que me
importa es besarte.

Amber resultaba embriagadora y él estaba perdido.
¿Podría ser suya para siempre?

–Kazim, yo... No puedo. No debemos.

–Deberíamos –era incapaz de seguir negando
cuánto la deseaba–. Y lo haremos.

Con eso, la llevó hacia la cama, la tendió sobre los
cojines y le cubrió el cuerpo con el suyo. Ella lo rodeó
por el cuello y lo llevó hacia sí.

–No deberíamos –dijo Amber con un susurro mientras le acariciaba la espalda.

El hecho de que aún lo deseara, de que, a pesar de
sus protestas, no pudiera dejar de besarlo y de acariciarlo, hacía que la deseara todavía más.

Lo deseaba. Sabía que ahora se le haría mucho
más complicado marcharse, pero no se veía capaz de
resistirse. No debería, pero no podía evitarlo. Era una
locura, una absoluta locura.

Kazim le quitó la *abaya* hasta dejarla tendida en
una cama de seda roja, totalmente desnuda para él y
con el cuerpo en llamas. Se quitó la túnica y se arro-
dilló entre los cojines. Era magnífico, cada músculo
de su cuerpo la hacía vibrar de deseo.

–¿Aún piensas que no deberíamos? –le preguntó
con un ronco susurro que hizo que la recorriera un
cosquilleo de excitación.

Ella negó con la cabeza y se humedeció los labios
mientras contemplaba su desnudez de piel morena y
la clara evidencia de que él también la deseaba.

Sintió una cálida sensación entre las piernas y alargó

la mano para tocarlo. Disfrutó al verlo cerrar los ojos y gemir de placer. Pero eso no bastaba. Quería más... mucho más.

Como sintiendo su deseo, Kazim se tendió sobre su cuerpo de nuevo, esa vez abrasándola con su calor. Y a continuación, con intenso frenesí, con un deseo más poderoso del que nunca había experimentado, Amber lo rodeó con las piernas y lo animó a adentrarse en ella. Alzó las caderas, moviéndose con él mientras se sumergían en oleadas de pasión. Gimió y lo oyó gemir.

La pasión los inundó y ella se quedó tumbada desnuda a su lado mientras su corazón recuperaba la normalidad.

No debería haberlo hecho, no debería haberse dejado llevar por esa lujuria carnal. ¿Cómo podría marcharse y volver a su vida normal después de un momento así?

Capítulo 11

EL TRAYECTO de regreso al palacio había sido tenso; la semana en el desierto, anulada.

Amber aún no se podía creer que hubieran terminado haciendo el amor la noche anterior.

Ahora que respiraba la tranquilidad de los jardines de palacio, ya no estaba tan segura de querer marcharse tal como había dicho la noche anterior. Se había ido enamorando cada día más y no se podía imaginar un futuro sin él.

–Me han dicho que te encontraría aquí –la sexy y profunda voz de Kazim se coló en sus pensamientos y ella alzó la mirada.

Al verlo acercándose, se le encogió el estómago y el corazón le dio un vuelco. La imagen de Kazim, con su túnica blanca y el tocado, resultaba sobrecogedora. Su bronceado rostro era tan hermoso que sus dedos anhelaban tocarlo.

Pero no podía. Justo en ese momento comprendió que se estaría engañando a sí misma si se quedaba. Si no quería perder la cordura, debía alejarse de ese lugar y de ese matrimonio.

Y había llegado el momento de decírselo.

Se levantó.

–Debo marcharme de Barazbin. Tengo que volver a París –dijo con tono de determinación.

Él la miró fijamente, se cruzó de brazos y respiró

hondo. A ella esos segundos de espera se le hicieron eternos.

—Como desees —respondió Kazim con brusquedad.

¿Había accedido así, sin más? ¿Era libre? Primero se sintió aliviada por lo fácil que había resultado, pero después la asaltó el dolor. Significaba tan poco para él que estaba dispuesto a dejarla marchar para siempre.

—Necesito estar de vuelta en París para cuando Annie y Claude lleguen a casa.

Kazim apretó la mandíbula.

—¿Te vas a quedar en París?

—Sí, Kazim —respondió notando cómo se le quebraba la voz—. Me quedaré en París... para siempre.

Él apretó los labios y asintió aceptando lo que le acababa de decir. ¿Por qué después de todo lo que había pasado en el desierto ahora le permitía marcharse?

No se lo había esperado, y le dolía. Lo amaba y él estaba totalmente desprovisto de emociones. Las lágrimas amenazaron con brotar, pero aprovechó la claridad del sol como excusa.

—El sol brilla tanto que apenas puedo verte.

—Lo sé —respondió él sin apartar la mirada de su cara.

Buscó desesperadamente algo más que decir, lo que fuera que la distrajera del dolor de la despedida.

—¿Tienes noticias de Annie y Claude?

—Vuelven de Estados Unidos la semana que viene, están bien.

Kazim echó a caminar y se detuvo, de espaldas a ella, como si quisiera añadir algo.

Amber esperó. Nada. Lo miró como si fuera la última vez, intentando grabarse en la memoria y en el corazón su imagen.

—Bien, así tendré tiempo de organizar el piso antes de que vuelvan —dijo con tono animado... tal vez demasiado animado, a juzgar por la repentina mirada que él le lanzó–. Me gustaría marcharme lo antes posible.

Kazim sabía que Amber tenía razón; había sido un error recuperarla y revivir su matrimonio. Sí, la deseaba con un fuego más abrasador que el calor del desierto, pero eso no era una buena base sobre la que levantar su matrimonio y el futuro de su reino. Aun así, verla entusiasmada por marcharse le dolía.

–Tengo un avión preparado. Te marcharás enseguida –no se veía capaz de mirarla y disimuló fingiendo interés por las plantas que adornaban el jardín intentando, a la vez, ignorar la angustia que sentía por dentro. Ese dolor era algo que no podía analizar aún, así que de momento lo mejor era fingir que no existía.

¿Tienes un avión preparado? –el impacto fue más que evidente en su voz.

Él asintió, incapaz de hablar, y permaneció de espaldas a ella. Tenía que aparentar un control que ahora mismo no tenía.

–¿Cómo? ¿Por qué?

–Porque tienes razón –respondió girándose. Al menos esas palabras sí que podría decírselas a la cara, ese hermoso rostro que jamás olvidaría–. Nunca deberíamos habernos casado y, tal como sugeriste, el divorcio es la única opción.

Vio cómo se movió la suave piel de su cuello, la misma que habían acariciado sus labios, cuando tragó saliva impactada. La vio abrir los ojos de par en par y dar un paso hacia él, alargando la mano primero y luego retirándola, como si ella también sintiera mucho dolor. Después, con el sol iluminando su cabello azabache, retrocedió unos pasos alejándose de él. Kazim sintió que le faltaba el aire.

–Divorcio. Por supuesto. Es la única opción y lo que yo quería desde que me encontraste en París.

–Ahora ya no tenemos elección en ese asunto, Amber. Ya no. Tu pasado te ha perseguido –todo su cuerpo se tensó al pronunciar las palabras que pondrían fin a su matrimonio para siempre.

–¿Mi qué?

–Ha llegado a oídos de mis ayudantes dónde trabajaste mientras estuviste en París.

–¡Era camarera! –contestó ella interrumpiendo su explicación.

–Eso es exactamente lo que les he dicho yo. Te he defendido, Amber –porque por extraño que pareciera, después de todas las mentiras que habían quedado expuestas, sí que creía que solo había trabajado como camarera.

–¿Por qué?

–Eso puedo solucionarlo, pero no es el único problema, Amber. Es tu implicación con los rebeldes... sabías que nos iban a atacar.

Ella sacudió la cabeza enérgicamente.

–¡No! Yo no sé nada de eso.

–Eso no es lo que indican las pruebas –respondió él caminando hacia ella, incapaz de contenerse. Cerró los puños para controlarse y no acariciarla.

–Pe... pero... –dijo Amber tartamudeando y sabiendo que cualquier forma de defensa sería inútil.

–Quiero que te marches. El divorcio es la única opción, y para que mi gente piense eso, tienen que tener pruebas más que suficientes en tu contra –no podía perdonarle que hubiera participado en los ataques rebeldes. Tenía que marcharse. El matrimonio tenía que llegar a su fin.

–Así que ya no valgo para ser tu princesa. Ya no valgo

para ser la madre del heredero de Barazbin y todo por unas mentiras. Unas mentiras que no son mías, Kazim.

—No te puedo perdonar lo que le has hecho a mi pueblo.

—Son mentiras, todo son mentiras.

Kazim cerró los ojos ante la oleada de emociones que lo embargó y, cuando los abrió de nuevo, ella lo estaba mirando, confundida. Le había hecho daño una vez más, pero esa vez lo estaba haciendo por una cuestión de deber más que por la cobardía y el pánico que se habían apoderado de él en la noche de bodas.

—¿Estás siguiendo órdenes o de verdad tanto me odias? —le preguntó desafiante.

—No te odio, Amber —respondió él con tono más suave aunque intentando mantenerse firme—. Cuando tu reputación se ha puesto en entredicho, he salido en tu defensa. En cuanto al resto, no hay opción. Para mí, es como si me hubieras atacado personalmente. Tengo que honrar a mi reino. No puedo defender lo que has hecho, nunca.

—¿No puedes o no quieres?

—Ambos sabemos que nuestro matrimonio no es fruto del amor y, dadas las circunstancias, no puede seguir adelante —ahora sonaba como su padre, frío e implacable.

No quería alejarla de su lado. La noche anterior se había hecho una idea de lo que podrían haber tenido juntos, de cómo podía haber sido. Pero eso ahora se había esfumado. Jamás podría perdonarle su implicación en los ataques.

Amber se derrumbó por dentro; el corazón se le rompió en añicos, que amenazaban con lacerar cada parte de su cuerpo. Un cuerpo que, incluso ahora, anhelaba a Kazim. No podía moverse, no podía decir nada. Lo que estaba pasando ahora era peor, mucho peor, que lo que él le había hecho en la noche de bodas. Era más que un rechazo. Era una aniquilación total de su ser y del amor que había sentido por él.

—Si me disculpas, tengo que ir a hacer las maletas.

Él pareció quedarse impactado con sus palabras, ¿pero qué se esperaba? ¿Que le suplicara? ¿Por qué iba a hacerlo cuando ni siquiera había escuchado su versión de lo sucedido? Había decidido sin más que era culpable.

—Estaré lista para marcharme en una hora.

Ojalá se hubiera podido preparar en cinco minutos, pero necesitaba algo de tiempo para recomponerse, para reagrupar sus emociones y marcharse de allí con la cabeza bien alta. Era inocente de todo lo que la acusaban y se marcharía de ese maravilloso palacio con tanta dignidad como le fuera posible.

—Muy bien —respondió él y se alejó; la túnica blanca parecía seguirlo como una estela. Lo vio marchar a paso rápido, como si estuviera deseando alejarse de ella, hasta que desapareció al otro lado del gran pasaje abovedado que conducía a sus oficinas. ¿Iría a dar parte a esos que habían pensado que era una pequeña traidora?

Fiel a su palabra, una hora más tarde, Kazim vio a Amber salir del palacio y dirigirse al coche que la esperaba. Su rostro era como una máscara, ocultaba todo tipo de emoción. Su cuerpo, ahora enfundado en unos vaqueros y una suave blusa blanca, parecía llamar al suyo, y él tuvo que apretar los dientes para controlar el deseo que lo invadió recordándole las horas que habían pasado juntos haciendo el amor.

El deseo no regiría su país. Una voluntad y una determinación fuertes, sí. Era su destino, su deber, y Amber no formaba, ni jamás formaría, parte de ello.

Se detuvo junto al coche y se giró para mirarlo. Él la miraba fijamente desde los escalones de palacio, reconfortado por la distancia que ahora le impedía tocarla. Sintió un nudo en el pecho cuando por un momento se miraron como si estuvieran solos los dos, como si nadie más existiera.

–Adiós, Amber.

Ella no dijo nada. Simplemente lo miró, con la cabeza bien alta y una postura regia. Después, se puso las gafas de sol y lo miró un instante más antes de entrar al coche.

Kazim se mantuvo firme y fuerte, no quería que nadie supiera la agonía que lo estaba invadiendo; se sentía como si alguien estuviera atravesándole el corazón con un cuchillo.

Las ventanas tintadas le impedían ver a Amber, ver si ella también había sentido ese cuchillo. Aunque, ¿por qué iba a sentir lo mismo cuando se había querido marchar desde el primer momento? Respiró hondo y el dolor se intensificó. En lo más adentro sabía el porqué, pero no lo podía reconocer. No, mientras esos que habían expuesto sus mentiras estuvieran cerca, mirando. Tenía que permanecer centrado. Tenía un deber para con su pueblo, su país y, por mucho que le costara admitirlo, también para con su padre. Cualquier otra cosa era impensable.

Capítulo 12

EL VERANO en París ni de lejos era tan abrasador como Barazbin, pero estar libre de semejante calor apenas podía compensar el inmenso dolor de corazón. Durante dos días enteros, Amber se había sumido en la desesperación y se había quedado en su piso, sin querer comer, sin querer nada que no fuera Kazim. Finalmente, por fin, el sentido común se impuso.

Esa mañana había abierto las ventanas de par en par y, animada por el próximo regreso de Annie y Claude, se había dispuesto a devolverle la vida a la casa.

Después, había pasado a la tarea que había estado retrasando: deshacer las maletas. Al hacerlo, se encontró con la *abaya* de seda roja, la misma que había llevado aquella última noche con Kazim y que se había traído consigo para poder recordarlo.

Cada vez que la viera, esa seda la transportaría o al momento en que él la había acusado de mentir o al momento en que la había desnudado para hacerla suya por última vez.

Como a cámara lenta, se levantó y se puso la prenda contra el cuerpo. Respiró profundamente oliendo el aroma del desierto... de Kazim.

¿Por qué tenía que amarlo tan intensamente y de un modo tan doloroso?

Cerró los ojos al recordar el momento en que se había marchado del palacio y él se había mostrado tan firme y frío, como una estatua, sin reflejar ninguna emoción, ni siquiera compasión, mientras que ella había tenido que ocultar las lágrimas tras las gafas de sol.

Lo único que había existido entre los dos había sido pasión. El amor que sentía por él tenía que quedar enterrado. Tenía que verlo como una aventura amorosa, como unos días salvajes y apasionados que debían llegar a su fin.

No había vuelto a saber nada de él desde que se había marchado. Nada.

Había llegado a aceptar que lo que Kazim había sentido había sido únicamente una pasión que finalmente había quedado anulada por el sentido del deber. Pero ¿no era eso por lo que se había casado con ella? Si cumplir con su deber había sido su motivación, ¿no tendría que haber querido que el matrimonio funcionara? Estaba terriblemente confundida.

–¡Ya basta! –se dijo con firmeza frente al espejo mientras se recogía el pelo en una coleta.

Tenía que centrarse en asuntos más importantes. Su vida volvería a la normalidad y las últimas semanas pasarían a pertenecer al mundo de los sueños, nada más.

«Pero eso no es lo que quiero», pensó. Necesitaba frenar esa clase de pensamientos, necesitaba despejar la mente. Agarró el bolso, abrió la puerta del piso y bajó las escaleras tarareando.

–¡Oh! –exclamó al abrir la puerta del portal, impactada, y retrocedió un paso.

¿Sería obra de su imaginación lo que estaba viendo? Parpadeó un par de veces y volvió a mirar. Kazim estaba en la calle, a unos pasos de ella.

–¿A qué has venido esta vez? Ya me dejaste claro que nuestro matrimonio ha terminado –le gritó furiosa.

Kazim avanzó hacia ella. Su ropa de estilo occidental lo ayudaba a mimetizarse con el resto de la gente que pasaba por la calle... o casi, porque ese poder salvaje que siempre había irradiado seguía siendo evidente y su resplandeciente cabello negro y sus hermosos rasgos jamás le permitirían pasar desapercibido entre el resto del mundo. Incluso en Barazbin había destacado. El aura de poder que lo rodeaba era innegable.

Y ella no era inmune a él. Se le aceleró el corazón y se maldijo a sí misma por no ser más fuerte. Pero le era imposible dejar de amarlo, ni siquiera cuando era tan obvio que él jamás la amaría.

–Tenemos que hablar, Amber –unos ojos oscuros como la noche la recorrieron de arriba abajo como si la estuvieran acariciando. ¿Por qué tenía que mirarla con tanto deseo cuando su voz sonaba tan distante?

–Creo que no, Kazim. Ya lo has dicho todo.

–No –él se acercó un poco más–. No, solo he dicho lo que era mi deber decir.

Ella se mantuvo firme, no podía dejarse ablandar por sus palabras. Negó con la cabeza.

–¿Podemos pasar, Amber? Solo tengo un momento –añadió mirando el reloj.

–¿Y creías que en ese momento que tienes podías pasar por aquí y descolocar mi vida otra vez?

Él parecía avergonzado, pero avanzó un paso más y, mientras la miraba fijamente, Amber sintió como si todo lo demás hubiera dejado de existir, como si los sonidos de la vida parisina se hubieran aplacado.

–No podemos hablar de esto aquí. Vamos dentro.

–Lo siento, Kazim, pero no tengo nada que decirte –intentaba mostrarse indiferente cuando por dentro se estaba derritiendo–. Ahora toda comunicación conmigo debería ser a través de mi abogado.

–¿Es que tienes abogado?

–Aún no.

–Entonces, ¿cómo voy a comunicarme con tu abogado?

–No te hagas el gracioso –¿se estaba burlando de ella?

–Amber... –dijo Kazim alargando la mano para agarrarla del brazo, pero ella retrocedió de un salto, como horrorizada ante la idea de que la tocara.

–No, Kazim. No. Vete –le contestó abriendo la puerta. Ahora ya no quería salir, lo que necesitaba era escapar de él. Cerrarle la puerta a su matrimonio.

–No hasta que hayas oído lo que tengo que decir. Y si tengo que hacerlo aquí en la calle, lo haré.

Cuando Amber lo miró a los ojos, el corazón se le paró porque en sus profundidades vio algo que no había visto antes: inseguridad.

–Cinco minutos –le dijo abriendo la puerta.

–Puede que tarde un poco más –respondió él con un trasfondo de sensualidad.

¿De verdad se creía que podía encandilarla con tanta facilidad?

–Di lo que tengas que decir y después vete. Para siempre.

Al entrar en el pequeño piso, soltó el bolso sobre la encimera de la cocina. Lo oyó cerrar la puerta y, cuando se giró hacia él, lo vio apoyado contra la puerta con los brazos cruzados.

–Ven –le dijo llevándolo hacia el pequeño salón–. ¿Qué es eso tan importante?

—Quiero que vuelvas a Barazbin.

Se quedó atónita. Eso no podía estar pasando otra vez.

—¿Por qué? –¿por qué tenía que ser tan cruel y por qué tenía ella que dejarse afectar tanto?

Y lo peor era que sabía que, si él pronunciaba las palabras correctas, ella iría. Pero no, Kazim no amaba y tampoco permitiría dejar entrar el amor de Amber ni en su vida ni en su corazón.

Ella fue hasta la puerta y la abrió.

—No –dijo sintiendo cómo la recorría una gélida sensación–. Ya has dicho lo que tenías que decir. Ahora vete.

Kazim dio un paso hacia ella, pero Amber se mantuvo firme junto a la puerta.

—Después de lo que salió a la luz sobre ti, el divorcio era la única opción.

—Ah, claro, ya estamos otra vez con el tema del deber. Corrígeme si me equivoco, Kazim, pero ¿no hemos tenido esta discusión ya?

—Sí, Amber –dio un paso más–. Y es el deber lo que me ha traído hasta aquí.

¿Por qué no podía haber sido el amor?

Kazim dio un paso más hacia ella, le agarró la mano con firmeza y, delicadamente, le soltó los dedos de la puerta. No iría a ninguna parte todavía.

Ella abrió los ojos de par en par.

—¿Qué deber? –preguntó con apenas un susurro.

Él cerró la puerta despacio y la miró.

—Mi deber como esposo –se acercó aún más. Inhaló su perfume–. Un deber en el que fracasé.

—¿Ah, sí?

Sin poder contenerse, Kazim le retiró el pelo de la cara y el suspiro que ella dejó escapar lo excitó. A pesar de lo que pretendía aparentar, no era inmune a él.

La atracción que había existido entre los dos desde la primera vez que se habían visto seguía ahí y ahora era mucho más intensa. Aún lo deseaba y eso le dio el valor que necesitaba para enfrentarse a lo más complicado que había hecho en su vida.

—Sí. Dejé que las opiniones de otros me influyeran, les permití manchar tu nombre. Te fallé.

El dolor que lo había invadido después de que ella se hubiera marchado de Barazbin lo azotó de nuevo. Nunca se había esperado sentir un dolor tan intenso, ni esa misteriosa emoción de abandono y rechazo. Ella se había marchado del palacio y de su vida sin mirar atrás, y al instante él había conducido hasta el desierto, como un hombre poseído, para gritar al viento su rabia y su pesar.

—¿Y ahora sí me crees? —le preguntó Amber con mirada esperanzada.

—Sí —respondió él deslizando los dedos por su pelo de seda—. La red de engaños de tu padre ha salido a la luz exponiendo tu inocencia. Lo ha confesado todo. Intentar serte leal lo llevó por el mal camino.

—¿Y ya está? —intentó apartarse, pero tenía la pared detrás.

—¿Qué más quieres? —le preguntó frustrado.

—No es suficiente, Kazim. Ni lo es ahora ni lo será nunca —le agarró la mano para impedir que siguiera acariciándole el pelo—. Yo nunca podré ser lo que quieres que sea.

—Pues dime qué es lo que quiero.

—Una mujer que esté a tu lado mientras gobiernas Barazbin, una mujer que te dé el heredero necesario, pero sobre todo, una mujer sumisa y con una reputación intachable. Y yo no soy esa mujer.

Él se dio la vuelta y volvió al salón; necesitaba espacio, necesitaba alejarse de ella un momento.

Tras él, Amber permanecía en silencio y entonces supo que tenía que abrirse por completo. Si la quería, tenía que hacerlo. Pero ¿y si lo rechazaba? Ahora sabía lo que había sentido ella la noche de bodas y, una vez más, la noche en el desierto. Había soportado con valentía dos rechazos, y él no se veía capaz de asumir ni uno solo. Era un cobarde.

Sentía presión en el pecho, como si el amor lo estuviera asfixiando. Amor. Por fin había empleado esa palabra, al menos en pensamiento. Tenía que decirlo y asumir las consecuencias de lo que había hecho.

Amber lo vio moverse de un lado a otro del salón y, por un momento, al ver cómo la miraba con algo más que pasión y deseo, se permitió creer que la amaba. Pero entonces él se dio la vuelta y se le cayó el alma a los pies.

—No puedo volver, Kazim. No soy la mujer que necesitas.

—No. Eres más... mucho más. Eres mi esposa, Amber. Y te quiero.

Amber no se podía mover, no podía hablar, y apenas podía creer lo que acababa de oír.

«No lo dice en serio». Era otro modo de engatusarla.

Kazim avanzó hacia ella y le rodeó la cara con las manos.

—Es demasiado tarde —susurró Amber casi en trance.

–¿Demasiado tarde? –le preguntó él mirándola con verdadero amor.

–Jamás podré ser lo que necesitas.

–Eres todo lo que necesito... y más –le agarró los brazos para impedir que se alejara de él.

Aun como en un sueño, Amber lo vio agachar la cabeza y acariciarle los labios con los suyos.

–He sido un idiota, he estado ciego –le dijo con tanta delicadeza que ella sintió ganas de llorar–. He estado huyendo de ti y de tu amor demasiado tiempo. Y ya no quiero huir más. Me daba miedo amar, me daba miedo hacerte daño como mi padre le hizo a mi madre.

–¿Crees que serás igual? Eso jamás pasará.

–Te quiero, Amber. Eres mi princesa y, estés donde estés, hagas lo que hagas, yo quiero estar a tu lado.

–¿Esté donde esté?

–Sí, Amber, lo dejaré todo por ti.

La besó con tanta intensidad que ella se preguntó si podría volver a respirar. Y mientras Kazim la rodeaba con sus brazos supo que, estuvieran donde estuviera, siempre se tendrían el uno al otro.

–Llevo toda mi vida viviendo con miedo de ser como mi padre. No quería destruirte como él destruyó a mi madre. No podía arriesgarme.

–¿Eso es lo que has estado pensando todo este tiempo?

–Sí. ¿Me puedes perdonar?

Ella se derritió por dentro ante el amor y el deseo que brillaban tan abiertamente en sus ojos.

–Tu amor es todo lo que he querido siempre, Kazim, pero yo jamás te haría renunciar a eso para lo que has nacido.

–Yo he nacido para amarte –le besó la frente y la

abrazó. Amber sintió su corazón latir fuerte, al unísono con su amor.

–Te quiero, Kazim, con todo mi corazón. Yo he nacido para ser tu princesa, así que llévame a casa.

–No puedo hacerlo.

–Lo siento, había olvidado que tienes poco tiempo y que deberías estar en otro lugar.

–No –respondió él antes de volver a besarla–. Mi lugar está con la mujer que amo, pero tu amiga vuelve de Estados Unidos, así que nos quedaremos aquí hasta que estén instalados.

–¿Aquí? ¿Te quedarás aquí?

–Yo quiero estar donde tú estés, Amber.

La abrazó y la besó con pasión y amor.

–Te quiero, Kazim. Y siempre te he querido.

Él le sonrió.

–Yo te he querido desde que nos conocimos, pero era demasiado orgulloso y demasiado testarudo para admitirlo. Jamás debería haber escuchado a los que se pusieron en tu contra. Debería haber escuchado a mi corazón. ¿Podrás perdonarme?

–Puede que me lleve un tiempo –bromeó–. Pero sí, creo que puedo.

Epílogo

Dieciocho meses después

Amber era tan feliz que pensaba que nada podría superarlo. Volver a Barazbin con Kazim había sido como un sueño hecho realidad, y desde entonces no había pasado ni un solo día sin que él le hubiera repetido cuánto la amaba.

Salió al balcón para reunirse con su esposo, que estaba disfrutando de uno de los escasos momentos de tranquilidad que tenía. Al verla, él le sonrió y la llevó hacia sí.

–Estás impresionante –le dijo antes de besarla–. La maternidad te sienta muy bien.

–Nuestro hijo ha supuesto un gran cambio para muchos –bromeó–. Tu padre es otro hombre.

–Mi padre y yo nos hemos enfrentado a los demonios de nuestro pasado y ahora somos más fuertes por ello, pero no quiero que mi hijo pase por lo que pasé yo.

–Eso no sucederá nunca, Kazim. Pero sí que tendremos problemas con tu padre si no asistimos a la celebración de esta noche.

–Que haya paz en nuestra tierra es motivo de celebración y se lo debemos a tu padre. Puede que actuara mal, pero lo hizo por defender tu honor. Desde entonces ha trabajado sin descanso para destapar a los líderes rebeldes. Le debo mucho.

–Significa mucho para mí que lo hayas perdonado.

–Tengo una sorpresa para ti esta noche –dijo él entrando en la opulencia de su suite–. Pero primero tenemos que celebrarlo con todo el mundo.

En cuanto entraron en el lujoso salón, la fiesta dio comienzo y Amber se dejó arrastrar por las risas, los bailes y la agradable atmósfera de la noche.

–Hasim está aquí –le dijo Kazim de pronto.

Si Hasim estaba ahí, ¿estaría allí también Annie? Había echado mucho de menos a su amiga.

–¿Y Annie? ¿Está aquí también?

–Está aquí –respondió él sonriéndole y con una mirada cargada de felicidad–. Y ahora, vamos, ve. Tenéis que poneros al día.

–Te quiero, Kazim –le dijo acariciándole la mejilla y deseando estar solos para poder demostrarle cuánto.

Bianca

En aquella isla, los días eran calientes...
y las noches apasionadas

El exagente de las Fuerzas Especiales Alexander Knight debía llevar a cabo una última y peligrosa misión... proteger a un testigo clave en un caso contra la Mafia.

Cara Prescott era la bella y ardiente joven a la que Alex tenía que mantener con vida a toda costa... y que se suponía era la amante del acusado.

La única manera que encontró Alex de protegerla fue esconderla en su exótica isla privada... donde la pasión no tardó en apoderarse de ellos. Pero ¿cómo podría protegerla sin saber lo peligrosa que era realmente la verdad?

DESNUDA EN SUS BRAZOS
SANDRA MARTON

Acepte 2 de nuestras mejores novelas de amor GRATIS

¡Y reciba un regalo sorpresa!

Oferta especial de tiempo limitado

Rellene el cupón y envíelo a

Harlequin Reader Service®
3010 Walden Ave.
P.O. Box 1867
Buffalo, N.Y. 14240-1867

¡Sí! Por favor, envíenme 2 novelas de amor de Harlequin (1 Bianca® y 1 Deseo®) gratis, más el regalo sorpresa. Luego remítanme 4 novelas nuevas todos los meses, las cuales recibiré mucho antes de que aparezcan en librerías, y factúrenme al bajo precio de $3,24 cada una, más $0,25 por envío e impuesto de ventas, si corresponde*. Este es el precio total, y es un ahorro de casi el 20% sobre el precio de portada. !Una oferta excelente! Entiendo que el hecho de aceptar estos libros y el regalo no me obliga en forma alguna a la compra de libros adicionales. Y también que puedo devolver cualquier envío y cancelar en cualquier momento. Aún si decido no comprar ningún otro libro de Harlequin, los 2 libros gratis y el regalo sorpresa son míos para siempre.

416 LBN DU7N

Nombre y apellido	(Por favor, letra de molde)

Dirección	Apartamento No.

Ciudad	Estado	Zona postal

Esta oferta se limita a un pedido por hogar y no está disponible para los subscriptores actuales de Deseo® y Bianca®.
*Los términos y precios quedan sujetos a cambios sin aviso previo.
Impuestos de ventas aplican en N.Y.

Deseo

Rendidos a la pasión
Karen Booth

Anna Langford estaba preparada para convertirse en directora
de la empresa familiar, pero su
hermano no quería cederle el
control. Cuando ella vio que tenía la oportunidad de realizar
un importante acuerdo comer-
cial, decidió ir a por todas, aunque aquello significara trabajar
con Jacob Lin, el antiguo mejor
amigo de su hermano y el hombre al que jamás había podido
olvidar.

Jacob Lin era un implacable
empresario. Y Anna le dio la
oportunidad perfecta de ven-
garse de su hermano. Sin embargo, un embarazo no
programado les enfrentó al mayor desafío que habían
conocido hasta entonces.

Lo que empezó como un simple negocio,
se convirtió en un apasionado romance

Bianca

El magnate griego no estaba dispuesto a renunciar a su hijo...

La bella Eve Craig cayó bajo el influjo del poderoso Talos Xenakis en un tórrido encuentro en Atenas. Tres meses después de que perdiera con él su inocencia, perdió también la memoria... Eve consiguió despertar el deseo y la ira de Talos a partes iguales. Eve lo había traicionado. ¿Qué mejor modo de castigar a la mujer que estuvo a punto de arruinarlo que casarse con ella para destruirla? Entonces, Talos descubrió que Eve estaba esperando un hijo suyo...

HARLEQUIN *Bianca*

UNA PASIÓN EN EL OLVIDO
JENNIE LUCAS

UNA PASIÓN EN EL OLVIDO
JENNIE LUCAS